VICTORY NOVELS

大和砲撃決戦

ヤマトに賭けた男たち3

遙 士伸

電波社

この作品はフィクションであり、登場する国家、団体、人物などは、
現実の国家、団体、人物とは一切関係ありません。

ヤマトに賭けた男たち(3)

——もくじ

第一章　ウェーク急襲

一九四三年五月二〇日　ウェーク

水上機が木端微塵に破壊された。

ねじれたプロペラが吹きとび、半壊したエンジンが海没する。

主翼や胴体は無造作に引きさかれ、無数の破片となって海面に浮き沈みしていく。

「敵襲！　敵襲！」

時刻は現地時間の二四時。ちょうど日付が変わろうとするころだ。


警戒にあたっていた者は別として、就寝していた者が飛びおき、服装もそこそこに配置に急ぐ。

連続的な地響きに視野がぶれ、怒号混じりの雑多な音が両耳を攪拌する。

「艦砲射撃か」

足元から伝わる振動から、ウェークを守備する第三特別根拠地隊司令官柴崎恵次《しばざきけいじ》少将は、うめき声を発した。注意していなければ気づかないが、一見断続的に思える弾着には規則性がある。

頭上から伝わるエンジン音がないので、空襲ではない。

よって、敵は沖合に接近した水上艦隊と考えるのが妥当だろう。

（昼のうちは索敵網の外に待機していて、日没後に突入してきたか）

柴崎の推測どおりだとすれば、敵は高速の水上艦隊ということになる。

せいぜい一個駆逐隊の敵ならば、なんとかなるかもしれないが……。

「報告します！　南から東にかけて、発砲のものと思われる光を確認」

「（やはりそうか）魚雷艇と甲標的をすべて出せ。応戦せよ」

柴崎は命じた。

今、ウェークに在泊している艦隊はない。

補給がてらに駆逐隊一、二隊がとどまっていたり、軽巡洋艦クラスの艦が立ちよって警戒していたりすることはあったが、柴崎の希望する常駐艦隊は今まで実現していなかったのである。

柴崎の手元にある戦力は二〇〇〇名あまりの兵員のほかは、魚雷艇が四艇と定員二名の小型潜水艦である甲標的が三隻、七五ミリクラスの火砲四門と自衛のための最小限のものにすぎなかった。

なけなしの水上機はすでに全機破壊されてしまった。

これで撃退できる敵ならばいいのだが……と、思いつつも、柴崎は過度な期待は抱いていなかった。

敵は自分たちを排除するにとどめるにせよ、ウェークを奪還するにせよ、それに見合った戦力を準備していて当然である。

たかが、この程度の戦力で退けられるものならば、こうして現れるはずがない。

少なくとも、自分ならばそうする。

（だから、言ったんだ！）

口にこそ出さなかったが、柴崎は感情をあらわにして、机を平手で叩いた。

柴崎が戦力補充を上申したのは、一度や二度ではない。「泣き言を言ってくるのか」と思われる恥をしのんでも、必要にかられて申しいれしたのである。

現有戦力では、敵が本気で奪いにくれば、ひとたまりもない。ウェークの防衛に責任を負っている以上、強がって現状を放置して、いざというときに逃げだすようなみっともないことなどできない。

けっして、臆病風に吹かれてのことではないと、理解していただきたい。と、繰りかえし訴えた柴崎だったが、それが叶わぬうちに、この現実がやってきた。

憤る柴崎だったが、だからといって、絶望して立ちつくすつもりはなかった。敵に蹂躙されるままに、無抵抗であの世に送られるなど、まっぴらごめんだった。

自分たちにできることは、可能な限り時間を稼いで増援を待つことだと、柴崎は素早く結論づけた。

「連合艦隊司令部に打電はしたな？　クェゼリンにも打電。我々だけではおそらく持ちこたえられん。火砲はやみくもに発砲するな。近づいてきた奴から撃て」

だが、そんな柴崎の思惑など無駄だと嘲笑うかのように、弾着が相次ぐ。

礁湖に落下した一発は、珊瑚の欠片や砂混じりの海水を高々と噴きあげ、陸地に着弾した一発は椰子の木をなぎ倒しつつ、周辺一帯を抉《えぐ》っていく。

司令部近くにも敵弾が降りそそぐ。足元が揺らぎ、塵埃が天井から落下する。

（危なかったな）

額に滲む汗を、柴崎は拭った。

マーシャル諸島の各拠点と同様に、ウェーク島も要塞化が進められてきた。

司令部施設も半地下式に掘りさげて、ベトンで塗りかためている。これが仮設のような粗末な小屋だったら、今の一撃で柴崎は建物ごと吹きとばされていたことだろう。

（重巡あたりが来ているのか）

弾着の衝撃はそこそこきつい。戦艦の大口径砲ほどではないが、駆逐艦あたりの砲撃とは比べものにならない。

日没後に突進してきたことからも、速力のある重巡以下の艦隊と考えれば、つじつまが合う。

「…………」

柴崎の額に、深い皺が走る。

そうなると、七五ミリ四門の火砲では、歯が立たないとみるしかない。

陸上での火砲と比べて、水上艦艇はより大きな砲を積むのが一般的である。

駆逐艦であっても大半が口径一二・七センチの砲を積んでいる現状では、その駆逐艦すら強敵なのだ。重巡など、格上も格上である。

引きつけて撃てとは命じたものの、そこに至る前にすべて潰されるのも覚悟せねばならない。

こうなってしまうと、魚雷艇や甲標的の雷撃だけが、唯一対抗可能な攻撃手段ということになるのだが、それも苦戦は免れないだろう。

敵の砲撃は苛烈になってくる。

敵弾の飛来音、弾着と海水や土砂が撒きあげられる轟音、数少ない兵器や備蓄物資が焼かれていく音……それらがないまぜとなって絶え間なく両耳に入ってくる。

たまらず七五ミリ砲も応戦を始めたようだが、その砲声もすぐにかき消されていく。

それどころか、しばらくして一段と大きな爆発音が轟き、真っ赤な火炎がウェークの惨状をあぶりだした。

砲座一門の直撃と誘爆である。

「危険だ。下がれ。隠れろ」

そんな言葉は意味を持たない。

ウェーク島は正確には三つの島から成るが、最大の本島でもわずか五・八平方キロメートル、標高は六メートルしかない。

つまり、狭く兵站な土地である。

敵にしてみれば攻めやすく、自分たちにしてみれば守りがたい地形なのである。

それこそ要塞化がなければ、三〇分ともたずに自分たちは全滅、一帯は更地に戻されたとしても、おかしくなかっただろう。

それから、どのくらいの時間が経っただろうか。

反撃の手段が断たれるのに、さほど時間はかからなかったが、いつのまにか敵の砲撃は止んでいた。

外には兵たちの遺体が折りかさなり、波打ち際は鮮血でどす黒く汚れていた。

半地下式の司令部も、そのうち耐えきれずに崩れ、柴崎らもそのまま生き埋めとなって全滅する運命にあると、誰もが思っていたのだが、不気味に海上は静まりかえっていた。

（まさかな）

果敢に向かっていった魚雷艇や甲標的が、決死の雷撃を仕掛けた。

無視できないほどの打撃を被った敵は退却した。

そこまではいかなくとも、雷撃を警戒した敵が作戦の続行を一時見合わせて撤退した。

そんな淡い期待に、明るい表情を取りもどす兵も何人かいたのだが、それは夜明けとともに完全に否定された。

「あれは！」

柴崎は自身の目ではっきりと見た。

上陸用の舟艇らしきものが、白波を蹴立ててやってくる。

それも、ちょっとやそっとの数ではない。

そして、その後ろにはずらりと並んだ巡洋艦と駆逐艦とが、こちらに砲門を向けている。

自分たちには持久戦に持ち込むことはおろか、抵抗らしい抵抗をする力すら残っていないが、いざそうした気配があれば、すかさず艦砲で叩きつぶしてやるという意思表示にほかならない。

（駄目だ）

もはやこれまでと、柴崎は悟った。

たとえ肉弾戦となっても、最後の最後まで抵抗するつもりだが、とてもマーシャルからの救援が来るまで持ちこたえられそうにはない。

また、仮にマーシャルからの救援が航空戦力なり水上戦力なり来たとしても、それで撃退できる敵ではないと、柴崎は理解していた。

「だから言ったんだ！　こんな兵力ではとても守れんと」

今度は口に出して、柴崎は叫んだ。

部下の手前だからと自制する考えは、もはやどこかへ吹きとんでいた。

部下も柴崎が取りみだしたと驚くのではなく、「そのとおりです」とうなずいたり、柴崎を見つめたりしている。

それがかえって、柴崎に冷静さを取りもどさせた。

（すまんな、皆。こんな辺境の地に配属されたばかりに、こんな惨めな目に遭わせてしまって）

最後に、「自決」の二文字が柴崎の脳裏に閃いた。

進退窮まれり。

第三特別根拠地隊の命運は、ここに尽きたのである。

一九四三年五月二四日　東京・霞ケ関

ウェークが敵の急襲を受けて奪還されたという報せは、日本海軍を震撼させた。

ＦＳ作戦の成功という勝利に完全に冷や水を浴びせる凶報であって、単独講和という形でオーストラリアを脱落させた高揚も、長くは続かなかったのである。

オーストラリアを屈服させて、イギリス軍を太平洋から駆逐し、アメリカ軍も遠く東太平洋まで追いかえした。

これで日本は安泰だ。日本は長期不敗体制を築きあげた。

そう思った矢先に、敵は早くも反攻に転じ、対米防衛網の一角が脆《もろ》くも崩されたのである。

これはけっして大洋上の孤島を失ったにすぎないという、小さな問題ではない。

戦略的に見て、大変憂慮すべきことなのだと、陸軍も大本営も事の重大性を正しく認識していた。

当然、矢面に立たされたのは海軍である。

「脅威は去ったのではなかったのか。なにをもって、海軍はそんなことを叫んでいたのか」

「海軍はなにをしていたのだ。これで我が国の安全が保たれるのか、甚だ疑問でならない」

いくら南を固めても、北をおろそかにすればこうなる。太平洋全域の防衛など、元々不可能なことではなかったのか？　と、日本軍には動揺が広がった。

ＦＳ作戦はたしかにオーストラリアの脱落という「大戦果」を残したものの、ウェークの失陥はそれがもたらした弊害や綻びだった。

ＦＳ作戦は日本軍にとっては過大なことだったのではないか。アメリカ軍に東から直接叩くルートを、自ら明けわたしてしまったのではないか、と不安を訴える声も高まった。

海軍内でもＦＳ作戦の実施には反対や慎重な行動を求める意見があったため、それを主導した軍令部への風当たりは強く、擁護する声はほとんどなかった。

大本営との打ちあわせから戻った総長吉田善吾《よしだぜんご》大将の表情には、疲労が色濃く表れていた。

「どうでした？　陸軍の様子は」

「どうもこうもない！」

第一部長富岡定俊《とみおかさだとし》少将に、吉田に同行していた次長豊田副武《とよだそえむ》中将が吐きすてた。

豊田の顔は紅潮し、怒気をはらんでいた。

「ＦＳ作戦の実施は大本営も納得して進めたものだろうが。それを今さら情報が足りなかっただの、準備が不足していただの、勝手なことを」

「………」

陸軍や大本営がなにを責めているのかは、富岡も容易に予想がついた。

ＦＳ作戦の実施そのものを否定したわけではない。ＦＳ作戦はオーストラリアを単独講和に持ち込むという大きな戦略的目的を達した。

だが、その一方で、それ以前に堅持しておかねばならない対米防衛線に穴をあけるとは何事か。ほかに支障をきたすことなく、準備万端で作戦を進めたつもりだった。懸念事項があるならば、それは事前にはっきりとさせておくべきだった。

作戦実施の裏づけや根拠に対する批判が、ＦＳ作戦の発案者であり、主導した軍令部に向けられているのである。

「多少考えが甘かったことは否定できませんな」

豊田の視線が、発した富岡の顔を射抜いた。

富岡の第一部は作戦を担当している。

富岡こそがＦＳ作戦を推進する中心的役割を担っていたことは間違いない。

（お前の責任だ）

そう言いたげな豊田の目つきに、富岡は反論した。

「多少の無理は覚悟のうえだったはずです。完璧を求めていては、これだけ大きな作戦など、できるはずがありません」

ここに、富岡の本音が隠されていた。

富岡は作戦遂行以前に、ＦＳ作戦は自分たちの実力を超えるものだと、認めていたのである。

精神的動揺や国民感情の悪化で、敵軍の行動に待ったがかかれば……。

そんな敵任せの淡い期待が含まれていたことも否定できない。

富岡は承服しがたいという顔を、豊田に返した。

（あなたもそのへんをわかって承諾したことでしょう？　もし、それを理解していなかったのならば、そのほうが問題だ）

そんな言葉が喉元から出かかっていたが、さすがにそれを口には出さなかった。

「ここで言いあらそっていても、なんの解決にもならん」

「はっ」

戒める吉田だったが、その声には覇気がなかった。顔色は悪く、頬もごっそりと削げ、顔中に皺が深く刻まれている。

元々、吉田は神経質な性格だった。どんな仕事も部下に任せられず、なにもかも自分でやらねば気が済まずに神経をすり減らす男だったのだが、ここ数日で一段とやせ細ったように見えた。

さらに一〇歳年老いた印象だった。

「それで、大本営の意向は？」

「結論は持ちこしとなったが、ウェークを奪いかえせという声が大だ」

「むう」

豊田の返答に、富岡は言葉に詰まった。

ウェークを再占領しようと思えば、実はそう難しくはない。

連合艦隊の主力――第一戦隊の戦艦『大和《やまと》』『武蔵《むさし》』を差しむければ、敵の上陸部隊を粉砕するなど造作もない。多少の守備艦隊がいたとしても、第一戦隊ならば軽く一蹴できるだろう。

敵を一掃したウェークに陸戦隊を上陸させれば、再び日本領とすることができる。

しかし、その一方でフィジー、サモアをがら空きにしたらどうなるか。

そこを敵に衝かれれば、今度はフィジー、サモアを奪還されてしまう。

それでは本末転倒となりはしないか？

「ウェークと引きかえに、フィジー、サモアを手放すことは、絶対にあってはなりません！」

富岡は語気を強めた。

「そんなことをしてしまっては、FS作戦もかけた労力もなにもかも、無駄になってしまいます。最悪、どちらをとるかとなっても、ウェークとフィジー、サモアでは釣りあいません！」

富岡の主張には正論もあったが、七、八割は私的な感情が占めていた。

FS作戦は自分が精魂込めて練りあげた自信作である。それが華麗な成功劇で幕を閉じた。鮮やかに完結したそれを、すぐに潰してしまうなど、言語道断！　断固拒否する。と、富岡は態度を硬化させた。

「貴官の主張はよくわかった。自分も同感だ。安心せい」

豊田は苦笑混じりにうなずいた。

「連合艦隊司令部はどうなのですか？　なにか言ってきているのですか？」

「主戦論と慎重論とが混在していてな。ウェークなどすぐに奪いかえせると鼻息荒い者がいる一方で、それを陽動としてフィジーやサモアを狙われるのではないかと考える者たちもいる。まとまらんさ」

（やはり、そうか）

連合艦隊司令部内で、喧々諤々《けんけんがくがく》の議論が交わされているであろうことは、富岡にも理解できた。

ウェークにしてもフィジー、サモアにしても、連合艦隊司令部にしてみれば、自分たちが血を流して手に入れた土地である。簡単に諦めるはずがないし、だからなおさら単純に態度を決められることでもない。

参謀長や司令長官の気持ちも揺らいでいるであろうことは、容易に想像がつく。

意地と誇り、現実と本音、のぶつかり合いでもある。

「一番の問題は、我々がばらばらになって、浮き足立つことだ。敵がそうした心理面の効果を狙っている可能性がある。我々はそこで惑わ……」

豊田が言いかけたところで、異音がした。

「そ、総長！」

振りかえった先では、吉田が倒れていた。

腰砕けとなって、執務椅子から崩れおちた吉田の姿は深刻だった。血の気が薄れた白い顔はまるで死人のようであり、実際息は絶え絶えで脈も衰えていた。

「医者だ。医者を呼べ。早く！」

「総長、しっかりしてください。総長！」

富岡の声は裏返り、吉田に呼びかける豊田の声も上滑りしていた。

それだけの一大事だった。

疲労の蓄積がたたり、吉田の心身の衰弱は、ついに限界に達したのだった。

一九四三年五月二四日　瀬戸内海・柱島泊地

柱島泊地に浮かぶ戦艦『大和』艦上の連合艦隊司令部では、激しく意見がぶつかり合っていた。

もちろん、敵に奪還されたウェークの対処についてである。

おおまかに言って、即時攻撃を主張する積極姿勢なのが参謀長福留繁《ふくとめしげる》少将であって、逆にウェーク問題は一時棚上げしても、南の戦線維持を優先すべしという慎重姿勢なのが、作戦参謀宮嵜俊男《みやざきとしお》大佐だった。

「敵を勢いづかせてはならん。ここで我々が弱気を見せれば、敵は必ず衝いてくる。我がほう有利で進んできた戦局をひっくり返されるきっかけを与えてはならんのだ」

福留は熱弁した。

「それにだ。大本営がウェークの再占領をうちだしている以上、我々ができないなどと言えるか？　それこそ、連合艦隊司令部は腰抜けの集まりだったのか。敵にちょっと反撃を許しただけで、怖気づいたのか、などと、いい笑い者になるぞ。

いつも予算を三倍も四倍も持っていくと不満をぬかす陸軍にも、しめしがつかん。

今こそ、海軍の本気と底力を示す好機だ。為せば成る！」

「評判を気にしている場合ではございません。ここは冷静に戦力の分析と緻密な戦略判断が必要と存じます」

　精神論を持ちだして押しきろうとする福留に対して、宮嵜も引きさがらなかった。

「ウェーク占領が敵の陽動である可能性は捨てきれません。ウェークとフィジー、サモアを比べた場合、敵にとっても戦略的に優先度が高いのは後者であることは言うまでもありません。

　我々がウェークの再占領や駐留する敵の排除にのりだしたのを見はからって、敵がフィジー、サモアへ押しよせる可能性を考えておくべきです」

「それは考えていると言っているだろう」

　福留もフィジー、サモアの優先度を忘れているわけではない。ウェーク奪還に目がくらんで、そちらをがら空きにするほど浅はかな考えでもなかった。

「南には『大和』『武蔵』を残しておく。ウェークには『長門《ながと》』『陸奥《むつ》』らを行かせれば十分だろう。仮に敵の新型戦艦が現れたとしても、ある程度は戦えるだろう」

「敵を侮ってはなりません。地の利は敵にあるのです」

　ウェークは元々アメリカ領だったところである。自分たちよりも、地理的状況は敵が詳しいと見るべきだと宮嵜は主張した。

　ミッドウェー、ハワイと、敵は逐次戦力を増強してくることができる。暗礁なども把握しながらの奇襲も狙ってくるかもしれない。

「たしかに『長門』『陸奥』が今なお有力な戦力

であると自分も思っておりますし、そうであってもらわねば、今後の展望も開けません。

ですが、敵にもまだコロラド級一隻を含む条約以前の戦艦が多数残されているのを忘れてはなりません。

数のうえでは敵が有利なのです。ウェークを餌に、敵は我がほうの水上戦力を減らしにかかるつもりなのかもしれません」

「否定的な可能性のことばかり言っていては、一歩も前に踏みだせん。敵の作戦行動がすべてわかっていれば苦労はせん。ある程度は思いきった行動も必要だ。覚悟を決めてな。どうでしょうか？長官」

これ以上議論を続けても平行線をたどるだけだと、福留は司令長官嶋田《しまだ》繁太郎《しげたろう》大将に決断を求めた。

連合艦隊司令部としての意見を集約し、結論を出しておく必要がある。

それがそのまま海軍としての意思や、大本営の方針に反映されるかどうかはともかく、自分たちの「意思表示」は必要である。唯々諾々と上に従うだけの組織では、ここにいる誰もが納得しないのは明らかだ。

そこは共通した意見だった。

「そうだな」

嶋田は正直、決めあぐねていた。

作戦参謀の主張は正しく、無理がない。冷静に考えれば、採るべき案はこちらだと思える。

しかし、一方で参謀長の案も捨てがたい。あっさりとウェークを敵に渡してしまって、指をくわえて見ているだけ、というのでは連合艦隊の沽券にかかわる。組織としての信用を失い、発言力低下も否定できないだろう。

ここは多少の無理をしてでも、断固とした行動が必要だとの熱い思いが嶋田にもあり、それが胸の奥底から突きあげてきているのである。

（あいつはどうなのかな）

逡巡する嶋田の脳裏を、一人の男の顔がよぎった。

（ここは軍令部と足並みを揃えるのが得策だろう）

「長官！」

そこで、通信参謀実松譲《さねまつゆずる》少佐が電文を片手に駆けよった。

まるで飛びかからんばかりの勢いと、血相を変えた様子に、尋常でない事態が起きたであろうことは、すぐにわかった。

「な……んだと」

囁く実松に、嶋田は耳を疑った。激しく目をしばたたき、天を仰いで生唾を飲み込む。脈が早まり、鼓動が高鳴る。

それだけの衝撃的な報せだった。

軍令部総長吉田善吾大将が倒れて重体――これまで一山二山どころか、三山も四山も乗りこえてきた経験豊富な嶋田をも動揺させるに足る大事件だった。

嶋田と吉田とは海兵三二期の同期だった。親友とは言いがたいが、三〇年以上の海軍人生において、互いに切磋琢磨してここまで昇りつめてきたという思いがある。

意見が対立したことなど数知れず、ときには殴り殴られた仲であって、常に相手を意識してきたことは事実だ。

その吉田が倒れた。命すら危うい状況らしい。

（あいつ一人の問題ではない）

嶋田はふと思った。

神経質な男だったが、それを追いつめてしまった原因は自分たちにもある。

辛くも命だけでもとりとめたにしても、吉田が現職に復帰することは二度とあるまい。

(節目、か)

海軍にとっては、ここが大きな転機になるのかもしれない。

ここで、嶋田は急に緊張感が失われていくのを感じた。

これまで自分を支えてきた様々な支柱が外れていく。

そんな思いだった。

連合艦隊長官としての、過度なまでの責任感、それを紛らわす意味も含んでの、権威の誇示と力の行使……自分に無理を強いてきた思いもみるみる薄れ、脱力感さえ覚えはじめていた。

(潮時だな)

嶋田は引き際を意識した。

顕在化してはいないものの、戦線の拡大と補給線の間延びによって、日本軍は抜き差しならない事態に陥りつつある。

その責任とけじめはつけねばならない。

そのお鉢がまわってきたのだと、嶋田は解釈した。

(吉田よ、貴様一人に責任はかぶせんから、安心せい)

嶋田はこのとき、はっきりと辞任を決意した。

政治の世界では不祥事を起こした張本人が、「この混乱を鎮めて、良き未来を導くことこそが私の使命である」などと開きなおる者も多い。

権力や地位に固執してのことだが、このとき、嶋田にはそうした思いは微塵もなかった。

自分が退くことで、混乱に拍車をかけるのではないかという思いがないことはなかったが、それも後任がすぐに解消してくれることだろうと解釈した。

不思議と嶋田はすがすがしい気持ちだった。

それは、これまで出世街道をひた走ってきた反面で、常に自分を誇張して見せ、肩肘張って生きてきたことから解放された安堵からくるものだった。

一九四三年五月二六日　東京・霞ケ関

連合艦隊司令部作戦参謀宮嵜俊男大佐は、上官嶋田繁太郎大将の手引きで上京して、海軍省を訪れていた。

面談相手は海軍大臣永野《ながの》修身《おさみ》大将と海軍次官他兼務の山本《やまもと》五十《いそ》六《ろく》大将である。

「そうか。嶋田は辞職を決意したか」

同期である嶋田が連合艦隊司令長官の座を退く意向を示したとの報告に、山本は深い息を吐いた。

寂しさや悲しさ、歓迎の意味合いを含むものではない。来るべきときが来た。その思いだけだった。

(軍令部も、連合艦隊司令部も、無理をしすぎた。そのつけを払うときがきたのだろうな)

「我々も慰留したのですが、長官の意思は固く、翻意させるには至りませんでした」

「おいおい。それは少しまずくないか。軍令部総長不在の非常事態に、連合艦隊長官までいなくなるとは、それは無責任というものではないかね」

「いえ。そうではありません」

口をとがらせる永野に、山本は嶋田の思いを代弁した。

「あいつはけっして職務を放りだしたわけではありません。ましてや、逃避などでもない。あいつなりのけじめですよ。混乱を招くというよりも、事態収拾のための責任をとったということです」

嶋田ともこれまでいろいろあったが、最後は潔かったものだと、山本は嶋田の決断を支持した。

「ウェークの失陥は、孤島をひとつ奪いかえされたという単純な話ではありませんから」

「戦線破綻と敵に反転攻勢のきっかけを与えてしまった、ということだな」

「おっしゃるとおりです」

永野に向けて、山本はあらためてうなずいた。

それを招いたのが、軍令部と連合艦隊司令部であるというのも、永野と山本との共通認識だった。

ＦＳ作戦の理念は認める。オーストラリアを連合国から脱落させるという戦略目的も支持する。

だが、フィジー、サモアまで進出するという軍令部と連合艦隊司令部の意見には、二人は最後まで賛同しなかった。補給の点でも遠からず行きづまると、警告さえした。

それでも、作戦は決行された。

オーストラリアを単独講和に持ち込むという大きな成果を挙げたが、それと引きかえに本来堅持すべき対米防衛について、風向きを怪しくさせてしまったのである。

「自分が本日参りましたのは、お二人のご意見を伺うためであります」

宮嵜はあらためて姿勢を正した。

「我々海軍が次にどうあるべきか、お二人ならば適切な方向を示してくださるだろうと。それが、長官の最後のご命令でした」

「嶋田が、か」

山本と永野は顔を見合わせた。

それこそ責任逃れではないのか。今になって頼ってくるとは遅すぎる。そんな思いもちらりとよぎったが、二人とも口にすることはなかった。

　潔く身を引いた者を責めるのは、道義にもとる。誰にでも失敗はある。自分もつい最近まで、「航空にこそ海軍の未来がある」「戦艦はもはや無用の長物になる」などと声高に航空主兵への転換を叫んでいたが、結局航空は期待したほど進化せず、山本の目論見は夢半ばで頓挫したままだ。

　あそこで強引に戦力編成を変えていたとしたら、『大和』『武蔵』らが今なかったら、と考えると、背筋が凍る思いである。

　必要なのは、過ちを繰りかえさないこと、過ちを認めて次への糧とする。それが、大人の特権だ。

「海軍省の意見としては返答できんぞ。なんらすり合わせておらんからな」

　山本は釘を刺した。永野も同意してうなずく。

「あくまで個人的な意見としてならば、答えようもある」

「かまいません。長官からも、そのように指示を受けてまいりました」

　宮嵜はいよいよ本題だと、呼吸を整えた。

「大臣と次官に、あらためてお伺いします。我々はウェークに向かうべきでしょうか。あるいはフィジー、サモアを堅持すべきでしょうか」

　山本は永野を一瞥した。私が答えてよろしいですか？　と同意を求める目だ。

　二人の意見は一致している。そうしてくれと、永野は顎を引いた。立場からすれば、自然な流れだった。

「ここでウェークを無理に取りかえそうとするのは得策ではなかろう。消耗戦に巻き込まれる危険性が高い。敵の狙いはそこにもあると、我々は考えている。

むしろ、ウェーク方面に戦力を割くならば、敵の補給線を妨害して、逆に敵に出血を強いるべきと考えている」

「では、やはり主力は南に貼りつけ、フィジー、サモアの防衛を徹底するわけですね？」

宮嵜の声は高まり、双眸が輝いた。

その考えは自分の考えに近い。大臣と次官が支持してくれるならば百人力だ。自信を持って、軍令部や大本営に上程することができる。

胸高鳴らせる宮嵜だったが、そう単純ではなかった。

山本は微笑して、かぶりを振った。

「それは違う」

「違う……と申しますと。もしや！」

宮嵜は声を跳ねあげた。

「まさか、ここでいっきにハワイを叩くとおっしゃるのですか？」

宮嵜は、対米戦勝利のためには奇襲に次ぐ奇襲、攻勢に次ぐ攻勢が必要であると山本が主張してきたことを知っていた。

まともな策ではとうてい勝ち目はなく、敵を慌てふためかせて、ようやく五分に持ち込め、立ちなおる隙を与えずに、そのまま押しきる以外には、勝てる見込みなどないのだと。

山本が航空主兵の立場をとったのも、敵と同じ大艦巨砲主義の戦力編成ではいずれ押しきられると考えてのことだったらしい。

その山本ならば、敵の中枢をいきなり叩くという発想が出てもおかしくはない。

陸戦では迂回して敵の司令部や補給拠点を叩くという戦術は、常套手段とも聞いている。

「そうしたいのは、やまやまだがな」

山本は笑った。

「さすがに今は無理だ。戦力的にも時機的にも、機が熟しているとは言いがたい。それこそ、返り討ちに遭って、徒労に終わりかねん」

「では？」

「簡単なことだ。ウェークからもフィジー、サモアからも撤退する。我が軍の実力に見合うように、戦線を縮小して守りを固める。

そうでないと、遠からず補給線が寸断され、防衛線は破綻する。

今度はウェークなんかでは済まんぞ。トラックやマリアナすらも狙われかねん」

「しかし、それでは海軍の名が……」

山本の正しさを認識しながらも、宮嵜は躊躇した。

日清、日露の両戦役の勝利し、いまだ無敗の日本軍にとって、戦争は前進あるのみだ。

仮に戦略的な要求から、一時兵を退くにしても、「撤退」や「退却」という言葉は忌みきらわれ、「転進」という言葉にすりかえられる。

この状況で、海軍が最前線の拠点を放棄するなど、「常識的には」考えられない。

「海軍の名がすたる、か？　そんな役にも立たない誇りなど、今すぐ捨ててかまわん。そんなもののために、無為に戦力をすり減らすほど馬鹿らしいことはない。そう思わんか？」

山本は言いきった。

「豪州はいかがされるのですか？」

「もちろん、野放しにするわけにはいかん。妙な気を起こされては、これまでの苦労が水の泡となる。ニューギニアにがっちりと見張りをたてる。それは基地航空隊でも用は足りると考えている」

「米軍は？」

「ソロモンあたりから牽制すればいい。艦隊泊地がないというならば、ニューカレドニアあたりなら、予備地に使ってもいいだろう」

山本の「予言」どおり、日本軍の足並みが揃わないうちに、長大な補給線はアメリカ軍に脅かされはじめた。

特に間延びしたソロモン以東の補給路には、アメリカ軍の潜水艦が跳梁し、わずかな物資を運ぼうにも、大変な危険と困難を伴うようになっていった。

さほど間を置かずして、フィジーとサモアは多大な労力と物資を浪費する底なし沼となっていったのである。

その事態打開のための海軍人事は断行された。

適切な人材はそもそも限られていたが、前任者の後継指名や推薦も加味して、軍令部総長には永野修身大将が就き、海軍大臣には山本五十六大将が、そして連合艦隊司令長官には南遣艦隊長官として南方資源地帯の警戒を指揮していた海兵三四期の古賀《こが》峯一《みねいち》大将が就任したのだった。

一九四三年六月二日　内南洋

奇遇だった。

初代艦長と初代副長兼砲術長として、ともに戦艦『大和』に乗って戦った高柳儀八《たかやなぎのりはち》と黛治夫《まゆずみはるお》は、重巡洋艦『利根《とね》』艦上に場所を移しながらも、再び任務をともにしていた。

昨年七月の第二次ソロモン海戦後に黛が大佐に昇進して重巡『利根』艦長に就いていたわけだが、FS作戦終了後の二月に、今度は高柳が少将に昇進して利根型重巡二隻――『利根』『筑摩《ちくま》』から成る第八戦隊の司令官に着任したことで、二人はまた戦場で顔を合わせることになったのである。

幸い、わだかまりやしこりはなく、関係性は悪くない。

黛を追うようにして高柳が就任してきたときは、さすがに驚いたものの、「よろしく頼む」「こちらこそ」といった様子で、二人はすんなりと日々の課題をこなしてきた。

今回、第八戦隊に課せられた任務は、ギルバート諸島のマキン、タラワ方面への水上機と燃料、弾薬などの輸送である。

クェゼリンのような比較的大規模な拠点であれば、整った滑走路もあって、陸上機の運用が可能だが、マキンやタラワのような小規模で開発も不十分なところでは、それは望むべくもない。


穏やかな海面さえあれば離発水できる水上機は、そうしたところでは貴重な戦力だった。

利根型重巡は艦隊の目となるべく、通常一、二機のところ、六機もの水上機を搭載できるよう造られた特殊な艦であり、この任務にはうってつけだった。

「まあ、この程度の戦力では敵が本気でかかってきたら、ひとひねりされて、それまででしょうが」

「なに。目的は敵の早期発見や増援を呼ぶまでの時間稼ぎさ。どこに来ても、まともに追いかえすだけの戦力など、とうてい揃えられんよ」

否定的な黛に、高柳は答えた。

「もっとも大切なのは、あっという間に潰されて、敵の動向すらわからないことだ。そのくらいの抵抗にはなるだろう」

第八戦隊は駆逐艦二隻を従えて、中部太平洋を東へ進んでいた。

内地からトラックを経由してクェゼリンへ向かう。トラックからクェゼリンへは最短となる直線ルートを辿る。

アメリカ軍の反抗作戦が始まったとはいっても、このへんは開戦前から日本の勢力圏であって、庭のようなところである。

安全な海域であって、敵の手などおよばない……はずだったのだが。

「左舷前方に艦影。近づいてきます」

見張り員の報告に、二人は振りかえった。

もしかすると、『大和』だったら、その前に電探室から報告がきていたかもしれないが、あいにく『利根』に対水上電探の装備はない。

数が限られる装備品は大型艦が優先であって、『利根』にはまだまわってきていないのである。

ただ、幸いにも時刻は現地時間で一三〇〇と真っ昼間であって、なおかつ晴天と、視界は良好である。

練達の見張り員の肉眼が、威力を発揮する条件は整っていた。

「前線から戻ってくる輸送船でしょうか?」

「艦影二から三……続きます」

「うむ」

見張り員の報告は自分の考えを裏づけるものと、黛は納得した。

さすがに、この戦時に独航船はないはずだ。

自分たちと同じように、最前線への物資補給に向かった船が、護衛の艦艇とともに折りかえしてきたと考えるのが自然だろう。

「帰り道ならば気楽でしょうけどな」

「…………」

黛の声を耳にしながらも、高柳は無言だった。

仁王立ちとなったまま、押しだまる。なにか腑に落ちない。そんな気がしていた。

連合艦隊司令部から、作戦行動中の艦隊や戦隊がいるとは聞いていていない。

もっとも、マーシャル諸島内での移動や根拠地所属の小艦艇あたりの動きであれば、まったく不自然ではない。

それに、たまたま出くわしただけと考えるのが、もっとも妥当なのかもしれないが……。

「ここは我々にとっての庭、しかも中庭のような海です。敵が入り込む余地はありません」

楽観的に構える黛だったが、答えは最悪の形で返された。

「は、発砲!?」

半信半疑で、見張り員の声は上ずっていた。


「敵か。総員戦闘配置！」

高柳は即断した。

「同士討ちの可能性もあります。確認します」

「いいだろう」

黛の顔も戦う男のそれに一変した。気持ちの切りかえは早い。そして、心は熱く、頭は冷静に、だ。

「通信。所属と艦名を名のらせろ。発光信号放て。『ワレ、トネ』。繰りかえせ。配置に就け。昼戦用意」

黛は矢継ぎ早に命じた。慌てて応戦するでもなく、かといって味方あるいは敵と信じこまずに、あらゆる可能性を考慮して備える。

的確な判断である。

「不明艦。なおも接近。返答ありません。隻数四」

「敵だ」

高柳は断じた。

ぐずぐずしていては、一方的に敵に叩かれるだけだ。

（それにしても、こんなところまで敵が……）

高柳のこめかみを、一筋の汗が伝った。

現在位置はエニウェトク環礁から南南東に二五〇海里といったところだ。

マーシャル諸島でも西側にあたる海域であって、それこそ黛の言う中庭である。

ウェーク経由で来たのだろうが、こんなところまで入り込んでくるとは大胆な。しかも、白昼堂々となると、驚きを超えて唖然としてしまうほどである。

敵弾は海面を騒がせる。

（重巡か）

弾着の水柱の規模から、高柳はあたりをつけた。

戦艦の巨弾ほどではないが、駆逐艦の一二・七センチ弾や軽巡の一五・五センチ弾があげる水柱よりも太く高い。

「敵は巡二、駆二」

戦力的にはまったくの互角だが、輸送任務を負っているぶん、自分たちが不利だと、高柳は悟っていた。

そもそも……。

「優先すべきは輸送任務だ。敵艦隊撃破に目がくらんで放棄とはいかんので、そのつもりで」

ここで、高柳ははっきりと方針を示した。

もちろん、敵を撃破して、なおかつ本来の任務を継続できれば最高だが、敵と戦う過程で輸送すべき水上機を破壊されることは許されない。

敵艦をここで撃沈するのも戦果にはなるが、それ以上に前線の守りを固めるという戦略的目標の実現が優先されるということを、高柳は見失っていなかった。

軍人ならば見敵必戦と、遮二《しゃに》無二《むに》敵に切りかかっていきたいところだが、ここは自重せねばならない。

この戦いづらさが、「不利」となる理由である。

「『大和』だったら」

黛に向けて、高柳は思わせぶりにつぶやいた。

『大和』ならば、この程度の敵など、なんら気にするほどのものでもないだろう。

それこそ、四六センチ砲を向けただけでも、恐れおののいて逃げだしていくかもしれない。

しかし、二人がいるのはもう『大和』の艦上ではない。

「ないものねだりをしても、仕方ありません。我々は現有戦力でできることをするまでです」

そう言いつつも、黛の顔には別のことが書いてあった。

「『せめて最大戦速で突撃。砲雷撃で敵を撃滅せよ』と、命じてください。同等の敵ならば、見事撃破してみせます」と。

しかし、それもありえない。それが高柳の方針であって、任務目的だった。

「敵との距離は？」

「二《ふた》、一《ひと》、〇《まる》から二《ふた》、二《ふた》、〇《まる》です」

「よし。艦隊針路一三〇度。回頭終了次第、砲雷撃開始」

「はっ。本艦針路一三〇。回頭終了次第、砲雷撃開始します」

高柳の指示に、黛は復唱した。

見敵必撃の黛からすれば、敵を避けるような行動には、もどかしい思いも残るが、輸送任務を優先する以上はやむをえない措置である。

「敵は重巡です。楽な相手ではありませんな」

「いや、かえって好都合だ」

黛の言葉に、高柳は微笑した。

嘘でも強がりでもない。本当のことだった。

「ここでもっとも避けたかったのは、雨あられと敵弾を浴びることだ。一発あたりの威力はあっても、発砲の頻度が低い重巡はまだよかった。

ブルックリン級あたりの軽巡だったら、速射砲のように撃たれるからな。水上機を破壊されたら、たまらん」

たしかにもっともなことだと、黛もうなずいた。

自分たちの任務は敵艦を撃沈することではない。前線に水上機を無事に届けることである。

その意味で言えば、司令官の言うことは正しいし、一貫している。間違いはない。

そして、自分の役割は『利根』を率いること、司令官の指示を実行して任務を成功に導くことなのだと黛も状況を再認識した。

「取舵一杯。宜候」

航海長から操舵長へ指示が伝わり、操舵手がからからと舵輪を回す。船にこの光景は欠かせない。帆船時代から不変のものである。

『利根』は戦艦ほどではないが、基準排水量一万一二一三トンと水上艦としては大型の部類に入る。舵はすぐには利かずに、慣性が働いて、艦はしばらく直進する。

敵弾が飛びこえて、背後で炸裂した。

(危ない。危ない)

黛は一瞥して、苦笑した。

『利根』自身もそうだが、『利根』が搭載する六機の水上機は、艦の後部三分の一ほどを使って積まれている。

至近弾でも破損する可能性がある。

ここまで来たら、一機も欠かさずに送りとどけたくなるのが、人の心理というものだ。

『利根』は、まだ直進しつづける。

日本艦艇特有のS字を描いたダブル・カーヴェチャー・バウが左右均等に海面を切りわけ、仰角を上向けた主砲身が風を切る。

大型の誘導煙突から流れる黒褐色の排煙と艦尾から曳かれる航跡は、まっすぐ後ろへ伸びたままだ。

（どうだ）

前をゆく駆逐艦は徐々に右向きに弧を描きはじめている。

敵も先の弾着を見て、修正射をかけてくるだろうから、直進したままでは被弾する可能性が高い。

敵の砲声が不気味に海上を伝わり、甲高い風切り音が拡大してくる。

それが極大に達するよりもわずかに早く、『利根』は艦首を右に振りはじめた。

敵弾は艦尾をかすめて、右後方の海面を貫いた。

戦艦に次ぐ大口径の八インチ――二〇・三センチ弾だから、そこそこ圧迫感がある。

水中爆発の衝撃は艦底を叩き、弾けた海水が夕立のごとく艦尾を濡らす。

「右舷後方に着弾も被害なし」

「よしよし」と、黛は納得顔でうなずいた。

高柳は泰然として動かない。被弾の有無に関わらず、動じる様子はなさそうだった。

指揮官たる者、右往左往する様を見せてはならないという心積もりからである。

一度舵が利きはじめれば、その後の動きは早い。

全長二〇一・六メートル、全幅一九・四メートルと、縦横比が大きく細長い艦体は、目標針路の一三〇度にのっていく。

砲術長よりも先に、水雷長が動いた。

いちかばちかの集中させた雷撃ではなく、広く扇状に魚雷をばらまく戦術をとったため、必要以上に精度を追求しなかったためである。

片舷二基ずつの三連装発射管から、直径六一センチと大型の酸素魚雷が勢いよく海面に飛び込んでいく。

もちろん、『利根』だけではない。後ろに続く『筑摩』も、前後の駆逐艦二隻も同様だ。

やや遅れて、主砲塔が固定される。

「主砲、撃ち方はじめ！」

黛は渾身の一声を発した。鉄砲屋たる本領発揮のときである。

もっとも、黛は艦長の立場であるため、直接的な指揮は砲術長に任せることになるし、『利根』は航空巡洋艦的な特殊な艦のため、重巡ではあっても主砲門数は連装四基計八門と少ないが、それでも鉄砲屋としての血が騒ぐことに変わりはなかった。

四基の主砲塔はすべて前方に集中配置されているものの、三番、四番主砲塔は後ろむきに据えられているため、左舷前方に見える敵重巡一番艦に向けて使えるのは一、二番主砲塔のみということになる。

各砲塔交互撃ち方の試射を始める。

「アストリア級あたりかな」

双眼鏡を目にしながら、高柳がつぶやいた。

光学レンズをとおして見える艦容と、頭のなかにある艦型識別表を照合しての判断である。

アメリカ海軍はワシントン海軍軍縮条約下で、戦艦にも似た三脚檣を持つノーザンプトン級、ペンサコラ級、ポートランド級と、次々と重巡を建造したが、対峙している重巡は低い層状の艦橋構造物を持つようだ。航空兵装が艦の中央に見えることと合わせて、アストリア級重巡と判別できる。

「相手にとって、不足なしです」

『利根』『筑摩』から見れば、基準排水量一万トン以下、備砲八インチ以下という条件下で、ともに造られたライバルと言っていい。

ただ、黛の声には「できれば、がっぷり四つで砲戦といきたかったところですが」という気持ちが滲んでいたのを、高柳は感じとった。

鉄砲屋らしい、本能的な欲求である。

しばらくは、そのままの撃ちあいが続く。

回頭が入ったため、敵の射撃も弾着修正に手間取っている様子だし、『利根』のほうも初弾必中とはいっていない。


（鈍足の輸送船を連れていなくてよかった）

戦況を見ながらの、高柳の本音だった。

敵は重巡と駆逐艦の高速艦隊である。

こちらがせいぜい一〇ノット前後の速力の輸送船を連れていれば、どうあがこうと逃げきれない。

それこそ第八戦隊としては、盾となってまともに戦うしかなかっただろう。

そこでの勝敗はともかく、輸送船も捕捉されて撃沈されるのは避けられなかったはずだ。

そうなれば、その時点で任務は失敗となってしまう。

それに対して、幸いにも現状は『利根』『筑摩』そのものが輸送船を兼ねている。

最大速力は三五ノットであって、敵に容易に捕捉されるものではない。うまくいけば、逃げきれる。

あとは敵の出方次第だ。

背後から赤い光が射し、異音が響いた。

どうやら、『筑摩』が被弾したらしい。

いつまでも、敵も空振りを繰りかえしているわけではない。

黛は振りかえったが、真後ろに続航する艦の様子は確認できない。痛打となっていないことを願うだけだ。続けての爆発音がないから、誘爆など最悪の事態ではないようだ。

万一、魚雷に直撃でもされたら、一万トン超の艦体といえども、真っ二つに折れて沈みかねない。

「『筑摩』より入電。『我、艦首に被弾も戦闘、航行に支障なし』」

「よし」

通信参謀の報告に、高柳は短くもはっきりと応じた。

艦首の被弾ということは、後部に積んだ水上機も無事だということだ。

報告では触れられていないが、事実として認定でき、好ましい。

お返しだとばかりに、『利根』と『筑摩』の射弾が敵重巡に降りそそぐ。

弾着は確実に近づいている。

次の射撃で命中弾か、夾叉弾を得られるかもしれない。

そう思ったところで、敵が動いた。

「敵艦隊、取舵に転舵。針路二五〇から二二〇……」

「ここで来たか」

高柳は表情を変えずに、つぶやいた。

自分たちは正面対決を避けて、斜めに逃れる針路へと舵を切ったが、敵はそれを追うように変針してきたのである。

振りあげた三連装の主砲身が、白刃のように閃いて見えた。

「逃さん」という敵の意思を感じたような気がした。

敵が大きく回頭したため、測的はやり直しとなる。砲撃は振りだしに戻ったわけだ。

「敵はどう来るでしょうか」

黛が言いたかったのは、砲撃に有利な背後をとりにくるか、あるいは並走して同航戦を挑んでくるか、だった。

「砲撃のセオリーからすれば背中をとろうとするだろうが、そうきたら最大戦速で離脱するだけだ」

「むしろ、同航戦に来られたほうが厄介ですな」

高柳を横目に、黛は敵艦を睨みつけた。

「敵艦隊、なおも転舵。針路一八〇《ひとはちまる》から一五〇《ひとごまる》……」

「完璧に追ってきたか」

敵は同航戦で追いすがるほうを選んだ。最悪の場合、主砲による叩きあいになる。

それは望まぬ「正面対決」となってしまうのだが、高柳は慌てることなく静かに「そのとき」を待った。

こうした可能性を見越して、あらかじめ策はうっておいた。それが功を奏しさえすれば、問題はない。

余裕があるわけではなかったが、やることはやっておいたとの自負が、高柳にはあった。

(そろそろか)

「じかーーん!」

時計の針を注視していた兵が、突如として大声を放った。

砲撃で言えば弾着時計手にあたる役割——魚雷の到達時刻を告げるものだった。

ただし、敵が変針したために、修正値を考慮したにしても、誤差は免れない。

すぐには、なにも起こらない。五秒経っても、一〇秒経っても、変化はない。

勢いよく噴きあがる水柱と派手に揺らめく火炎、海上に響きわたる轟音、横倒しになる敵艦……期待する光景はなく、敵艦四隻は変わらず白波を蹴立てながら追ってくる。

(外したか)

距離は二万メートル弱という遠距離雷撃だった。長射程、大威力を誇る日本海軍の酸素魚雷だからこそ成立する戦術だったが、それでも雷速三六ノットで二万メートルの距離を走破するには二〇分弱を要する。

それを動いている目標の未来位置に当てねばならないのだから、そうそう簡単なことではない。

敵を欺く意味を含めて遠距離雷撃を敢行させたつもりだったが、さすがに無謀だったか。魚雷はすべて敵艦をすり抜けて燃料が切れるまで、ただ海中を遮二無二走っていっただけに終わったか。

直径六一センチと大型で、高速無雷跡という絶対的優位性を誇る酸素魚雷、それも放ったものは初期型に比べて炸薬量を五割増しの七八〇キログラムとした九三式酸素魚雷三型である。

敵の魚雷と比較すれば射程で四倍、威力で三・五倍もの化け物じみた魚雷だが、それも当たらなければなんの意味もない。

そんな高柳の失望を、見張り員の歓喜の声が打ちけした。

「命中!」

高柳も自身の目ではっきりと見た。明らかに被雷のそれとわかる白い水柱が出現したのを。

天に向かって高々と突きのびる水柱は、先頭を走っていた敵駆逐艦の姿を覆いかくす。

その規模が、酸素魚雷の威力を物語っている。

戦艦や空母のような大艦にすら致命傷を与えかねない酸素魚雷をまともに食らったのだ。

駆逐艦のような小艦艇が耐えられるはずがない。

沈没は間違いなく、下手をすれば四分五裂して艦の体裁すら成していないかもしれない。

次いで、二番艦として続いていたアストリア級重巡にも魚雷一本が命中した。

魚雷炸裂の衝撃は海面を盛大にぶち破り、噴きあげられた水塊がつくる水柱は、艦橋をはるかに超えて昇っていく。

激しく揺さぶられた敵二番艦はぶれて見えたが、アストリア級重巡の特徴である前向きに尖った五角形の艦橋構造物と背負い式の前部三連装主砲塔らが見えたことから、被雷箇所は艦の中央から後ろ寄りと思われた。

（あとは……）

期待を膨らませたが、雷撃の戦果はそこまでだった。

しかしながら、四隻合計で二八射線、うち命中二発、命中率七パーセント強というのは上出来であって、敵にとって痛打となったことは間違いない。

被雷した駆逐艦の姿はすでに海上から消えているし、同じく被雷したアストリア級重巡も機関損傷か、浸水の影響かはわからないが、海上で停止している。

さかんに明滅していた敵艦隊の発砲炎は、ぴたりと止んでいる。

敵艦隊の戦意を挫くには、十分な攻撃だった。

「再雷撃してとどめを刺しますか？」

利根型重巡は発射管一二基に対して、魚雷を二四本搭載している。しかも、発射管は次発想定装置付きで、次の雷撃準備はできている。

反対舷を向けなくとも、射角さえ合わせれば、二度めの雷撃も可能だったが……。

「いや、やめておこう」

黛の伺いに、高柳は小さく首を横に振った。

「変な色気を出して、本来の任務を台無しにしては元も子もないからな。……大丈夫だ」

不満そうな黛の表情を見て、高柳は微笑した。

(敵は大打撃を負って弱っています。それをみすみす逃す手はありません。ここは追いうちをかけて戦果拡大をはかるべきです。敵の攻撃を退けたことで、満足すべきではありません)

そんな内心の声を高柳は見透かしたのである。

もちろん、高柳も海の武人としての血が騒がないわけではない。鉄砲屋としての本能が失われているわけでもない。

状況さえ許せば、即座に反転して砲雷撃を見舞って、敵艦隊を完膚なきまでに葬りたいところだ。

しかし、それ以前に自分に課せられた使命があることを、高柳は見失っていなかった。

なにを優先すべきか、高柳は闘争本能を押さえて適切に行動する、正しい判断力を持った男だった。

一九四三年六月二〇日　ニューヘブリディーズ諸島

第一戦隊の戦艦『大和』『武蔵』は一時的に連合艦隊司令部の手を離れて、ガダルカナル島から南東に八〇〇キロメートル離れたニューヘブリデイーズ諸島最大のエスピリトゥサント島へ進出していた。

「アメリカ太平洋艦隊がフィジー、サモア方面へ来襲する可能性大。一部はすでに出港した模様」

との報に接した措置である。

フィジー、サモアには艦隊の泊地に適した環礁や内湾がないため、そこから比較的近い西のエスピリトゥサント島へ錨を下ろしたのである。

もっとも、第一戦隊の進出は迎撃準備というよりも、牽制の意味合いが強い。

そして、牽制にも二つの意味が含まれていた。

ひとつはオーストラリアへの牽制である。

日本と単独講和を結んだオーストラリアだが、妙な気を起こしたら直ちに痛い目に遭うぞとの示威行動である。

もうひとつはアメリカ海軍への牽制である。

実は人事刷新された日本海軍の大方針としては、フィジー、サモアを堅持するという方針が削除されているのだが、ただ単に放棄して手放すつもりはないというポーズだ。

だから、第一戦隊がここに進出するという情報は、わざわざ平文で幾度も打電して、故意に敵に傍受させていたし、航路もあえてニューギニアから南寄りにとって、オーストラリア周辺にいるであろう敵の諜報員の目につきやすいようにした。

すなわち、第一戦隊という強敵のエスピリトゥサント島進出を、敵は間違いなく知ったはずなのである。

第一戦隊とぶつかるというリスクを考えて、敵はフィジー、サモアの襲撃あるいは奪還を断念するだろうというのが大方の見方ではあるが、それでも敵が攻めてきた場合は、島の防衛ではなく敵艦隊の撃破、それも一撃離脱の戦術であたる予定だった。

「さて、それでも敵は来るのか？」

戦艦『武蔵』の最上甲板を踏みしめながら、一人の男が風に吹かれていた。

長身で、潮焼けした赤い肌、金線二本に桜三つの大佐を示す階級章——世界的にも「キャノン・イノグチ」と砲術の権威として知られる猪口敏平《いのぐちとしひら》は、ついにその異名にふさわしい『武蔵』の二代目艦長として赴任してきたのだった。

すでに、黛治夫は『大和』副長兼砲術長の立場を「卒業」したが、現『大和』砲術長永橋為茂《ながはしためしげ》中佐、そして猪口と、日本海軍の鉄砲屋三羽烏が、ついに主力中の主力である大和型戦艦に参集したのだった。

猪口は一番主砲塔の脇から、艦尾方向に視線を流した。

一番主砲塔付近を最下面として、二番主砲塔や艦橋構造物へ向けて上がっていく通称『武蔵坂』は、遠目に見るよりも実際にその場に来てみると、思った以上に傾斜がきつい。

そこに背負い式に鎮座する二番主砲塔の重量感と三連装となって伸びる太く長い砲身の迫力は、たしかに桁違いである。

一般人が見れば、その圧倒的な威容にひれ伏すところだろうが、猪口は動じなかった。

たしかに、大和型戦艦は別格だ。

しかしながら、砲術を志して、研鑽を積んできた猪口にしてみれば、それは驚きではなく敬服と期待をもたらすものだった。

そして、乗組員は皆、てきぱきと手早く落ちついて行動している。

それもそのはずだ。

猪口は新米だが、乗組員の多くは『武蔵』に習熟し、しかもサモア沖海戦という敵戦艦との実戦を経験済みなのだ。戦塵を浴び、炎と煙をくぐり抜けてきた猛者たちなのである。

そうした自負と余裕があって当然だった。

猪口の口元が静かに揺れた。緊張と重圧もあったが、それ以上に部下たちの様子が頼もしく、敵が立ちむかってきたならば、この主砲をもって退ける。

口径四六センチの太く長い砲身が、低緯度地方のぎらつく太陽光を浴びて鈍色の光沢をたたえ、三連装の砲口は内部の螺旋状の彫刻を覗かせながら、まばゆいまでに輝いていた。

ひとたびこの砲口が閃光と炎をほとばしらせれば、いかなる敵であろうとも耐えぬくことはできまい。

（来るなら、来い）

猪口は北の水平線へ顔を向けた。

敵がそれだけの覚悟をもって挑んでくるならば、自分たちも正々堂々受けて立とうではないか。

猪口にとっては、これは戦争というよりも、真剣による果たしあいや決闘に近い感覚だった。

『武蔵』という代えがたい「名刀」を得て、猪口は気を引きしめなおし、さらに集中力を高めていた。

結果的には三日経っても、一週間経っても、敵が来ることはなかった。

第一戦隊の最前線進出という圧力に、アメリカ海軍は作戦実施を断念して、太平洋艦隊がフィジー、サモアに来襲することはなかったのである。

しかしながら、それで対米戦が終わったわけではない。

生死を賭けた決戦の場は必ず来ると、猪口が気を緩めることはなかった。

ところが、眼前の脅威はそれだけではなかった。誰しもの目が東に向いているところで、新たな脅威が遠く西から迫ろうとしていた。

欧州戦線の微妙なパワー・バランスの変化は、再び太平洋戦線へも影響をおよぼしてきたのだった。

第二章　後顧の憂い

一九四三年七月一〇日　インド洋・セイロン島

ユニオンジャックを翻した艦隊が、久しぶりにインド洋に戻ってきた。

四隻や五隻の小艦隊ではない。

巨砲を積んだ戦艦や、攻勢戦力としてはあまり計算はできないが、偵察や防空に威力を発揮する空母らの大艦を含む数十隻規模の本格的な艦隊だった。

「ようやく戻ってこられたか」

イギリス東洋艦隊司令官ジェームズ・サマービル大将は、感慨深げにつぶやいた。

対日開戦時、サマービルはアジア方面の戦力を拡充しようという海軍方針に則《のっと》って、増援戦力であるK部隊を率いて、このコロンボ軍港へ進出していた。

しかし、K部隊が太平洋方面に入る前に日本海軍との戦いは始まってしまい、南シナ海でトーマス・フィリップス大将率いる東洋艦隊は日本海軍連合艦隊に敗れて、壊滅してしまったのだった。

衝撃的だった。かのトラファルガー海戦以来、連戦連勝で敵なしと豪語してきた自分たちイギリス海軍が、未開の極東で一敗地にまみれたのである。

しかも、相手はつい最近まで弟子扱いしてきた日本の艦隊だというから、なおさらだった。

日本海軍は強い――イギリス海軍の全将兵が、そこで強烈に印象づけられたのだった。

サマービルのK部隊は警戒と称して、そのまま一カ月間コロンボにとどまったが、結局は本国への帰還を命じられて、インド洋を後にした。

理由としては、本国周辺の戦況悪化もあったが、正直なところ、勝算なしと判断されたのが真実だった。

当時サマービルの手元にあったのは、R級戦艦二隻とクイーンエリザベス級戦艦一隻、それに巡洋艦、駆逐艦一個戦隊ずつと、けっして十分とはいえない戦力だった。

戦艦は数こそ三隻あったが、いずれも旧式で攻走守すべてに陳腐化したものであることは否定できなかった。

キングジョージ五世級の新鋭戦艦二隻を擁する東洋艦隊を破った日本艦隊とは、とてもではないが対峙できない。

だから、サマービルも命令に撤回を求めたり、声高にフィリップス提督の仇討ちを叫んだり、ということはしなかった。と、いうよりも、できなかったのである。

戦わずして敗れる。不戦敗を喫したのは、無念というよりも情けなかった。

この二年あまりの間、サマービルは一日たりとも、その感情を忘れたことはなかった。本国水域で別な任務に就きながらも、ずっとだ。

しかし、雌伏のときも、ようやく終わりを告げるときがきた。

転換点となったのは、繰りかえし襲ってくるドイツ空軍の本国空襲を凌ぎきったことである。

それに伴い、イギリス軍は本国周辺の制空権と制海権掌握に成功した。

　これらを経て、これまで本国に脅威を与えつづけていたドイツ第三帝国は軍を東方に振りむけて、新たにソ連との戦端を開いたのだった。

　ドイツからの圧力が弱まったことから、イギリス海軍の本国周辺での活動が縮小できることとなって、アジア方面への戦力投入が再び可能となった。

　本国周辺や北極海、大西洋での残敵はドイツのUボートであって、必要な海軍戦力は駆逐艦や対潜哨戒機を積んだ小型の空母である。

　戦艦や重巡などの強力な水上艦艇が、むしろ余剰戦力となったのは、サマービルにとってはこれ以上ない朗報だった。

　サマービルに預けられたのは、ワシントン海軍軍縮条約明けに建造された新型戦艦キングジョージ五世級の四番艦『アンソン』、五番艦『ハウ』、そしてネルソン級戦艦の一番艦『ネルソン』、二番艦『ロドニー』を中心とする総勢二〇隻あまりの本格的な艦隊だった。

　キングジョージ五世級戦艦は言うにおよばず、ネルソン級戦艦もワシントン条約の規制を受けた、やや旧式の戦艦ながらも、アメリカ海軍のコロラド級戦艦と日本海軍の長門型戦艦と並ぶ、竣工当時は世界最強の火力を持つ戦艦だった。

　六角形の塔状艦橋を艦の後方に寄せて、前部にＭａｒｋⅦ一六インチ三連装主砲塔三基を集中配置していることが最大の特徴である。

　ちなみに艦橋を六角形として、前面を平面ではなく三角形の尖った形状としたのは、前部に集中した主砲発砲の爆風の影響をやわらげ、少しでも逃がそうという目的からだった。

　軍縮条約期間中のネイバル・ホリデーで、世界

に七隻しかない一六インチ砲搭載戦艦の一角を成していた強力な戦艦なのである。

かつてのK部隊と比較すれば質、量とも大幅に戦力アップとなっていることは間違いない。

「東洋艦隊」の名を引きついでいるものの、南シナ海で壊滅した当時の東洋艦隊よりも、はるかに強力な艦隊である。

サマービルはこの新生東洋艦隊を率いて、威風堂々とインド洋に帰還を果たした。

サマービルは最新の戦艦である『ハウ』に将旗を掲げている。

司令塔から見おろす前面には、一四インチ連装主砲塔の先に、四連装の一四インチ主砲塔が据えられている。

イギリス海軍が新たな時代に対応すべく開発した新型の砲であって、見かけの主砲口径よりも威力はワンランク上と見積もられている。

日本海軍のヤマト・クラスと呼ばれる戦艦は、口径一八インチあるいは二〇インチもの巨砲を積んでいるという情報が伝わってきているが、砲戦は必ずしも大きな砲を持つ戦艦が勝つと決まっているわけではない。

勝機は自分から掴みにいくものだと、サマービルは自分に言いきかせた。

サマービルは視線を左から右に走らせた。

旗艦と同型艦の『アンソン』が重厚な艦容を見せている。

主砲塔のほかには、前後に離れた二本の直立した煙突、その間の航空兵装、三脚式の前後部マストが目を惹く。二番主砲塔天蓋や艦橋構造物上部らに設けられた機銃は、四連装二段の四〇ミリポンポン砲と、他国の戦艦とは一線を画したものだ。

その横には、海面に対して垂直に切りたった艦首と平甲板型の艦体ら、ネルソン級の戦艦が直線基調の艦容を見せている。

やや後傾斜した三本煙突を持つノーフォーク級重巡洋艦や戦時急造されたO級の駆逐艦も複数いる。

日本艦隊はたしかに強い。だが、けっして勝てない相手ではないはずだと、サマービルは思案をめぐらせていたのだった。

一九四三年七月一三日　東京・霞ケ関

イギリス海軍の有力な艦隊がセイロン島コロンボに入港したという凶報に接して、日本海軍はただちに対応を迫られた。

瀬戸内海にいた連合艦隊司令部も独自に検討しつつ、急遽空路で東京へ向かった。

軍令部との緊急協議に臨むためだった。

「戦力は戦艦四隻、それもネルソン級と新型が二隻ずつ。厄介な相手ですな」

あらためて敵の戦力を確認して、連合艦隊司令長官古賀峯一大将はうめいた。

渋面を見せる古賀を横目に、連合艦隊司令部参謀長小林謙五《こばやしけんご》少将が確認を求めた。

「情報の信憑性はどうなのでしょうか？　艦種はともかく、艦型までそうやすやすと把握できるものかどうか」

小林は首をひねった。

敵の出現に驚き、戦力を過大視するということは、往々にしてあることだ。

敵戦力の誤認は、作戦の立案と実施の判断に、致命的な問題を与えかねない。

もたらされた情報を鵜呑みにはできない。

小林の言葉には、そうした注意を促す意味が含まれていた。

「敵情はインド洋で哨戒にあたっていた潜水艦からもたらされたもので、二隻が確認しています。さらに入港したところを現地の協力者が目撃しており、信頼性は高いものと軍令部は判断いたしました」

軍令部第一部長有馬《ありま》馨《かおる》少将が答えた。

有馬と小林とは、実は海兵四二期の同期である。普段顔を合わせれば、「俺、貴様」で呼びあう仲だが、こうした公の場なので、互いに言葉遣いには気を付けている。

心のなかでは、先鋭的に意見をぶつけあってもだ。

小林のほうが次席で卒業と席次は上で、少将昇進も一年早かったが、有馬は戦艦『武蔵』の初代艦長という栄誉を授かった。


互いに切磋琢磨して海軍人生を歩んでいるという自覚があった。

「英軍の戦艦はネルソン級にしても、新型のキングジョージ五世級にしても、比較的わかりやすい艦容だしな」

軍令部総長永野修身大将が補足した。

ネルソン級戦艦は三基の主砲塔を前部に集中配置している。極端に後ろよりにある艦橋構造物とともに、特定するのがかなり容易な艦と言える。

キングジョージ五世級戦艦にしても、主砲塔配置こそ前後に分けた一般的なものだが、連装と四連装の砲塔二基を混載していること、四連装砲塔そのものも極めて珍しいこと、から、こちらも特定が容易な艦であるのは間違いなかった。

「それが確かだとすると……」

小林は険しい表情で、古賀を一瞥した。

古賀は口をへの字にして、なにやらつぶやいた。

「これを恐れていた」

小林には、そう聞こえたような気がした。

日本海軍の主敵はアメリカ海軍である。アメリカ海軍は強大な敵であるが、常に目は東にさえ向けていればよかった。

だが、こうなるとそうはいかない。東に全力を振りむけているところを、脆弱な背後を西から衝かれることになる。

まさに、後顧の憂いである。

せっかくオーストラリアを脱落させて、南北からの挟撃を免れて安堵しても、東西から挟撃されてはなんの意味もない。

とうてい放置は許されなかった。

「むしろ、先に叩くべきはそちらだと、軍令部は考えております」

有馬が明確に言いはなった。

「米軍を必死に食いとめても、マレーや蘭印を奪いかえされてしまっては、いずれ我々は立ちゆかなくなりますから」

「それはそうなのだが」

さし迫った脅威としては、イギリス艦隊のほうが問題となる。

日本にとっては、南方資源地帯は命綱と言っていい。

日本は資源や戦略物資を自国で賄うことができない。

蘭印やボルネオからの原油の供給が途絶えれば、たちまち船も飛行機も動かせなくなる。

マレーの生ゴムやスマトラのボーキサイトがなくなれば、今度はそれらを造ることもできなくなる。

仮に敵に奪いかえされなくても、採掘施設を破壊されるだけでも、おてあげとなってしまう。

内地に送るために、せっせと原油を汲みあげる油井に戦艦の巨弾が降りそそいで火の海と化すなど、悪夢でしかない。

南方資源地帯の確保は、日本の戦争遂行の大前提なのである。

ただ、小林の歯切れは悪かった。

イギリス艦隊を撃退するために連合艦隊の主力を動かしてしまえば、東側ががら空きとなってしまう。

マーシャル、ソロモン、フィジー、サモア……せっかく守りを固めた東側が手薄となる。

対米防御壁を自ら崩すこととなってしまうのである。

当然のことではあるが、小林の苦悩はここにあった。


「英艦隊を叩くといっても、その間、米軍が待ってくれるとは限らん。むしろ呼応して攻めてくると考えるほうが妥当ではないのか？」

逼迫感が高まるにつれて、小林の口調からは丁寧さが失われていった。

気遣う余裕が乏しくなっている証拠だった。

「米軍を棚上げしておくわけにもいくまい。フィジー、サモアは放棄やむなしとしても、ソロモンあたりにくさびを打ち込まれたら、ＦＳ作戦以前の状態まで、我々は押しもどされてしまう。

豪州の再参戦まではないにしても、米軍が力づくでニューカレドニアやニューギニア南部を押さえれば、大問題となりかねん」

「それでは死んでいった英霊たちもうかばれない」

と、小林は唇を噛んだ。

「もちろん、米軍の存在を忘れるわけにはまいりません。ですが、それでも英艦隊撃滅が優先課題であることを曲げる理由にはなりません」

「二兎を追う者は一兎をも得ず。中途半端な戦力をインド洋にさし向けても、無為に失うだけだぞ」

「参謀長の懸念はよくわかる」

そこで、フォローに入ったのは永野だった。

小林は『陸奥』艦長として、南シナ海海戦を戦っている。

十分勝算を見込んで臨んだ戦いだったはずが、イギリスの新型戦艦にきりきりまいさせられて、苦戦を強いられた海戦である。

その経験から、小林はイギリス海軍がけっして侮れない強敵であることを、あらためて思いしった。

イギリス海軍も南シナ海海戦の戦訓から、さらに強力な艦隊を送り込んできた。

生半可な戦い方では、とんだしっぺ返しを食らいかねない。

小林はそのように考えていたのである。

「英艦隊撃滅のためには、第一戦隊の投入が不可欠と軍令部では考えていた」

「そう言いたいのだろう？」と、永野は小林の目を見つめた。

言うまでもない。第一戦隊は戦艦『大和』『武蔵』を擁する連合艦隊の主力中の主力である。

インド洋に再び戻ってきたイギリス海軍の刺客を払いのけるには、それくらいの本気であたらねば無理だ。

永野や有馬ら軍令部は、そうした意見でまとまっていた。

「待ってください」

小林の一瞥を受けて、古賀が挙手した。

「元々、我々に余力などあるはずもないですがな」

さし迫った脅威に全力であたろうという軍令部の方針は理解できなくもない。明日のことを考えて、今日死んではどうしようもない。しかし、本当にそれしか選択肢はないのか？

　連合艦隊司令部とて、この数日間惰眠をむさぼっていたわけではない。

　古賀は作戦参謀長井《ながい》純隆《すみたか》中佐に説明を促した。

自分たちが考えだした「秘策」があった。

「我々連合艦隊司令部といたしましては、戦闘艦艇の主力はあくまで太平洋に置きながら、インド洋方面は防御に徹するべきだと考えておりました」

「防御に徹するといっても、インド洋には点在する島もない。ニコバル諸島あたりまで引きつけないと攻撃できまい」

　永野は首をかしげた。

　ニコバル諸島はスマトラ島の北西、ベンガル湾東部に浮かぶ二二の島々から成る諸島である。その北のアンダマン諸島とともに、日本軍は開戦初期にインド洋方面への警戒監視を目的として占領して、現在に至っている。

「もし、そうなれば、マレーやスマトラは目と鼻の先だ。危険だと思うが。それなら、いっそのこと狭隘なマラッカ海峡まで誘いだして、集中攻撃をかけたほうが得策だろう」

「敵がおとなしくマラッカ海峡に入るとも限りません。蘭印を南に迂回されればおしまいです。可能な限り遠方で対処する。それが防衛線の鉄則です」

　有馬が否定したが、論点はそこではない。

「よろしいですか？」

　長井がひと声かけて、先を進めた。

　話がいつのまにか脱線したが、連合艦隊司令部の言いたいことは別にあった。

「潜水艦を使って、機雷戦を展開してはどうかと考えておりました。コロンボを封鎖してしまえば、敵艦隊を釘付けにして、マレー方面に近寄らせずに済みます」

「機雷かあ」

どこからともなく、声が漏れた。

（考えたな）

微笑する永野へ向けて、小林が補足した。

「米軍への備えに主力を残したまま英軍を食いとめるのは、これしかないと判断しました。

潜水艦を使って邀撃するにしても、広いインド洋で効果的に捕捉、撃滅するというのは想像以上に困難でしょうから」

方々から声が漏れた。小さくうなるような声、ため息……。


もちろん、問題がないわけではない。

軍令部第一課長藤間良大佐《とうまりょう》が指摘した。

「有効な作戦案だと思います。しかしながら、永続的にとなると、疑問符がつくのではないでしょうか」

こちらが機雷を敷設すれば、敵は掃海することとなる。掃海されたところに、再度機雷を敷設する。敵の警戒は高まってくるだろうから、敷設作業そのものも難しくなるだろうし、物量という意味でも、長期に渡って継続するというのは、非現実的である。

藤間が衝いたのは、そこだった。

さらに、別な問題もある。

今度は有馬だ。

「たしかに、機雷戦ならば戦艦や重巡なしでいけるものだが、我が軍が保有する機雷戦用の潜水艦で十分な数かどうか。それと、鈍足な潜水艦でインド洋を横断するまで、敵が待ってくれるかどうか」

さすがに致命的な問題だった。

作戦を挙行しても、とりつく前に敵が動いてしまえば、作戦そのものが成りたたなくなる。

それでは、まったくの無駄足となってしまう。

「……軍令部は」

論破できないと悟った小林は、軍令部の代案が有効かどうかに戦術を切りかえた。なにがなんでも自分たちの案を押しとおそうという考えはなかったが、軍令部の案を無条件で受けいれるつもりなどない。問題があれば、こちらから指摘させてもらうつもりだった。

小林は古賀を一瞥して、先を進めた。

「軍令部は第一戦隊を出すという話でしたが、それこそ二線級の戦力しか残していないところに、米軍が来襲すれば、ひとたまりもないと考えますが」

「以前と違って、英軍にはシンガポールもオーストラリアもありません。特に今回は、米軍と呼応する可能性が高い。単独作戦では孤立する可能性もありますから」

長井が続いた。

「英艦隊撃滅に向かった隙を、同時侵攻されたら」

「もちろん、折り込み済みだ」

有馬は思わせぶりに口元を緩めた。「驚くな」とでも言いたげな有馬の表情に、小林は訝しげに頬を引きつらせた。

「あれを」

有馬は目で永野の了解を確認して、藤間に説明を促した。藤間がすぐさま額を倒して引きつぐ。

「英艦隊の陣容を見る限り、それは第一戦隊の『大和』『武蔵』で迎えうつしかないでしょう。『大和』『武蔵』なしで、『長門』『陸奥』以下でお茶を濁したりすれば、手痛い結果となりかねません」

「軍令部が西を主戦場と考えるのはわかった。東はどうする？　潜水艦隊や空襲で凌ぎきれる相手ではないぞ」

小林は「わかりきったことだ」と、嘆息した。

どうも議論が嚙みあわない。このまま平行線を辿っては、なんの意味もない。ほかの参謀たちもざわついている。

否定的な騒ぎだ。

しかしながら、軍令部が用意していた答えは、小林ら連合艦隊司令部の面々を、あっと驚かせるものだった。

まさか、そんな手でこようとは……少なくとも、小林の頭のなかには欠片もない突拍子もない案だった。

それは……。

「戦艦には戦艦を。来襲する米軍の戦艦を追いかえすのに、それなりの対抗戦力を見せる必要があることは、軍令部も承知しております」

「簡単なことだ」

藤間に、有馬が続いた。不敵な笑みが、その顔に踊る。まともな作戦ではない。それは有馬もよくわかっていた。

余剰戦力などないところから、なにかを引きだそうというのだ。普通にあるもののはずがない。

それこそ、無理やりつくりだす影、偶像……そんなものしか。

「『信濃《しなの》』と『紀伊《きい》』を使うのだよ」

「し、『信濃』と『紀伊』だと⁉」

小林は両目を吊りあげた。

「有馬。貴様」

小林の目は非難に満ちていた。

軽蔑、罵倒、嘲笑、ありとあらゆる負の感情が、有馬に注がれた。

なにを言いだすかと思えば、こともあろうに論外なことを口にしてこようとは、話にならない。

「血迷ったか。有馬」

「本気だよ。正真正銘、正式な提案だ」

「ちょ、ちょょっと待ってください」

狼狽して左右に顔を向けたのは、長井である。

「『信濃』はまだともかく、『紀伊』は乗組員の慣熟訓練がまだ終わっていません。とうてい戦力には……」

「ならない。承知のうえだ」

有馬の言葉に、永野がはっきりとうなずいた。軍令部の正式な案としての承認を示した合図だ。

「話にならん。軍令部は貴重な大和型戦艦を、しかも竣工したての艦をただただ盾として捨てようというのか」

小林は思わず身をのりだした。

正気の沙汰ではない。

小林は有馬と藤間に、刺すような視線を交互に向けた。

『信濃』『紀伊』はそれぞれ大和型戦艦の三、四番艦にあたる艦である。

三番艦『信濃』は乗組員の慣熟訓練がようやく終わりかけているものの、まだ連合艦隊に編入されていない艦である。

すなわち、正式には戦力化されていない
『紀伊』はそれ以前のものだ。竣工して洋上には出ているが、乗組員の慣熟訓練はまだ始まったばかりの新品そのものの艦だった。そんなものを戦場に送っても、敵の格好の的となるだけだ。

「そんな状態の艦を出すことなど、とうてい納得できませんよ。断じて承服しがたい」

小林の言葉には、「そんな任務を押しつけられる将兵の身にもなってみるがいい。厳しい戦いに投じられるにしても、せめて納得いく状態であれば、死地に飛び込む覚悟もできるはずだ。それなくして、ただ死んでこいというような任務など、課すべきではない」という親心が含まれていた。

これも『陸奥』艦長として、苦しかった南シナ海海戦を戦った経験ゆえのことである。

「参謀長」

高ぶる感情をあらわにする小林を、古賀がたしなめた。

「軍令部にも、それなりの考えがあるのだろう。まずは最後まで話を聞いてみようではないか」

古賀とともに、長井の「そうしましょう」という視線を受けて、小林はいったん矛を収めた。呼吸を整えて着席する。

「では、説明を続けさせていただきます」

藤間が一同を見まわした。

「『紀伊』の慣熟訓練については、長期航海でそれを兼ねることを想定しております」

「それはともかく、いざ敵と対峙したら」

「実戦に巻き込まれたら、『紀伊』は退避させます。その前提の作戦です」

藤間の説明に、再び連合艦隊司令部側がどよめく。

「そういうことか」

小林がうなった。

「初めから戦うつもりなどさらさらない。そういうことだな」

「察しが早い」

有馬が微笑した。

「先月ニューヘブリディーズ諸島に進出した『大和』『武蔵』の代わりをやらせるということだな」

「そのとおり」

小林に向けて、有馬はうなずいた。

先月下旬、フィジー、サモア奪回の動きを見せるアメリカ軍に対して、第一戦隊の『大和』『武蔵』はニューヘブリディーズ諸島のエスピリトゥサント島へ進出することで圧力をかけ、作戦を断念させた。

その再来を狙おうというのだった。

「まだ戦力化していなくても、模造品として敵を欺く価値は十分にある、か」

小林は低くうなった。

（たしかに、それならばやってみる価値はあるかもしれない）

「作戦の詳細はこれからです。そこは連合艦隊司令部からもお知恵を拝借したいと考えておりました」

「逆に防衛という意味で、機雷戦を仕掛けるという手段もあるのではないでしょうか」

藤間に長井が続いた。

「機雷原をつくっておけば、敵を足止めできますし、航路を限定させることも可能です。うまくいけば、敵戦力の減殺も狙えるというのは言うまでもないことです。

潜水艦の事前配置や航空戦力との協同作戦も内南洋ならばできるはずです」

（決まりだな）

有馬は小林と古賀に、視線を交互に送った。

古賀が「承知した」と、ゆっくりと額を倒した。

ここで、作戦の大方針は確定した。

インド洋のイギリス艦隊は『大和』『武蔵』をもって撃滅する。その間、アメリカ軍へは『信濃』『紀伊』を対峙させる。これは牽制であって、戦闘回避を前提としたものとする。

「ただ、有馬よ。艦隊を新編するとして、この任務は難しいぞ。

万一戦闘になりそうな場合、艦隊の退避や分割、これは口で言うよりも何倍も難しいことだ。単にやりたいという熱意だけでも駄目だ。

的確な判断力と度胸、そして戦力の理解も十二分にできた者でないと、この任務は務まらん」

「それは大丈夫だ」

懸念を示す小林に答えたのは永野だった。

「実はもう、あたりはついている」

永野は有馬と顔を見合わせて、にやりと笑った。

「海軍省にうってつけの人材がおってな。連合艦隊司令部の皆も知っている男だ。あの男ならば、誰も文句は言うまい。本人もさぞかし、ぱたぱたしていることだろう」

そこで、打ちあわせはひと区切りとされた。

一九四三年八月四日　ウェーク近海

軍令部総長永野修身大将をして、「うってつけの人材」と評された男は、生き生きとした表情をしていた。

航海艦橋に両足でしっかりと根をはり、すがすがしい眼差しで前方を見つめる。

眼光炯々とした双眸はいっさいの迷いを排して揺るぎなく、心は沸々と熱くたぎっていた。

それもそのはずだった。

男が乗艦しているのは、実戦で圧倒的な力を示した一番艦『大和』、二番艦『武蔵』に続く三番艦『信濃』である。

日本海軍の将兵ならば誰でも憧れる最強の新鋭戦艦である。

その構造美が織りなす艦容は、見る者を有無を言わせずに魅了し、世界最大最強の艦砲である四六センチ砲が辺りを睥睨している。

（ついに来た。立つべきところに、ようやく自分は立った）

そう思うのも自然だった。

基本構想の策定に深く関わり、一時は迷走しかけた建艦計画を粉骨砕身の思いで軌道修正させてここまでこぎつけた、最大の功労者だったのだから。

ここにふさわしい、うってつけの男——日本海軍少将中澤佑《なかざわたすく》も、ついに大和型戦艦の艦上に立った。

この作戦のために臨時に編成された第七艦隊の参謀長——それが、中澤が持つ現在の肩書きだった。

「敵機らしき反応。北から接近してくる！」

「総員戦闘配置！　対空戦闘用意」

司令長官伊藤整一《いとうせいいち》中将が発し、艦橋内に緊張が走った。

『信濃』の前檣最上部にある主測距儀上に設置された二一号電探が、接近する航空機を探知したのである。

「索敵機でしょう。これで我が艦隊の存在は確実に敵に知れた。そろそろ変針してもよい頃合いかと」

「いいだろう」

中澤の進言を、伊藤は了承した。

（張子の虎、か）

中澤はかすかに苦笑をこぼした。

現在、戦艦『信濃』『紀伊』を中心とする第七艦隊は、中部太平洋上を北西に向かっている。

ウェーク島までの距離は、ざっと二五〇海里といったところだ。

これ以上踏み込めば、敵の空襲を覚悟しなければいけなくなる。

双発の中型爆撃機があれば、もう現れてもおかしくないが、ウェークには哨戒機以外は単発の小型機しかないという情報はたしかだったようだ。

（実際に来られては、困るのでな）

見た目はたいそう立派だが、実行力はまるでない。それが、第七艦隊の実態である。

実際に敵の空襲があったりでもしたら、『紀伊』は右往左往することすらままならずに、被弾を繰りかえすだろうし、『信濃』も早すぎる初陣でおおいに不安がある。

だから、驚かすだけ驚かしておいて、さっさと離脱する。

「戦わない」のではない。「戦えない」のだ。

だから、敵の前に姿を晒しつつ、脱出する。

戦闘開始はご法度だ。逃げだしていい。ただし、挑発はしろ。存在を誇示しつつ、戦闘は回避する。

それが、第七艦隊に課せられた「困難な」任務だった。

だから、これを率いる者には度胸と胆力が要求される。安全ばかりを見ていては、敵を挑発することはできない。

かといって、「なせばなる」「やってみなければわからん」と、練度不十分の艦で戦いを挑むのは、さらにまずい。

すなわち、慎重な行動であるなかでも、大胆であること、大胆な行動であるなかでも、慎重であること、の硬軟兼ねそなえた判断力も必要とされるわけだ。

それを中澤は託された。自分への信頼と高い評価に感謝するとともに、引きうけた以上はその期待に応えねばならない。

「空襲にばかり気をとられるな。対潜、対水上警戒、厳に！」

中澤は今一度注意を促した。

すでに敵の勢力圏内に入っている。

上ばかり見ていて、足元をすくわれないように注意をして、しすぎることはない。

今すぐにでも「雷跡！」と、忍びよってきた潜水艦の魚雷が向かってきても、「水平線上にマスト多数！」と敵の水上艦隊が水平線の向こうから現れても不思議ではないところまできている。

艦隊内の空気は張りつめ、次第に刺すような緊張感さえ漂ってくる。

本当に敵艦隊と遭遇でもしたら、どんな手段を使ってでも撃退しなければならない。

こんな正式な引きわたしすらされていない新造艦を傷つけるわけにはいかない。

ましてや、それを沈めてしまったりしたら、死んでも償えないというものだ。

そこで、伊藤がわざとらしく咳払いした。

過度な緊張感をやわらげるようにという配慮だった。

「参謀長」

伊藤は中澤に声をかけて、両肩を上下させた。

肩の力を抜けという合図だ。

中澤は目をしばたたかせて、深く息を吐いた。

知らず知らずのうちに、自分が一番緊張していたのかもしれないと苦笑した。

「敵は慌てているだろうな」

「そうだといいのですが……いや、きっとそうです」

伊藤の言葉に、中澤は納得した。

（そうだ。敵はさらに大騒ぎしていることだろう。ソロモン海域やサモア沖で、自分たちの新型戦艦をひとひねりにした大和型戦艦が突如現れた。しかも、二隻もだ。

ウェークの守備隊からすれば、それこそ死刑宣告されたにも等しい感覚に陥ったかもしれない。

大和型戦艦二隻に本気で向かってこられたら、島ごと海の藻屑と化されてもおかしくない。

そんな絶望感にさいなまれていることだろう。それこそが、我々の狙いだ）

敵の哨戒機が艦隊上空に達した。

双発、胴体から離れた高翼式の主翼、垂直尾翼の中間あたりという高い位置にある水平尾翼等々、特徴的な機影は、アメリカ海軍の代表的飛行艇であるコンソリーデーテッドＰＢＹカタリナに間違いない。

「あえて観察させるため、放置すべきと思いますが」

「それでいい」

「はっ。発砲は禁止だ。全艦に通達」

伊藤の了承を得て、中澤は命じた。

いつもだったら、敵に知られまいと、打電前に撃ちおとせと対空砲火を突きあげるところだが、ここは故意に沈黙する。

「さあ。ウェークといわず、ハワイへでもどこへでも知らせるがいい。有力な日本艦隊がここにいることを全軍に教えるんだ」

中澤は上空を見あげながら囁いた。

艦隊は南東へ変針したため、ウェークへ向かうと思わないだろうが、それでいい。マーシャルやソロモン方面、ポリネシアにこうした艦隊がいることを敵に知らしめることが、今回の最大の目的なのである。

それで、敵は容易に出てこられなくなる。

動こうと思っても、かなりの戦力動員が必要だと躊躇するだろうし、動くにも相当な準備がいると考えるはずだ。

それこそが、自分たちの狙いである。

『信濃』『紀伊』を囮にして駆逐隊が側面を衝くなど対策も考えていたが、恐れていた敵艦隊との遭遇戦はまだない。

「『信濃』『紀伊』に傷をつけるわけにはいかんからな。無事、内地に持ちかえらねば」

伊藤は再確認するようにつぶやいた。

第七艦隊に課せられた、もうひとつの使命だった。

「先は長いです。長いですが、まっとうしてみせましょう」

第七艦隊は南下しつつ、敵の直前を横切る予定だった。無理は禁物だが、腰が引けていては敵を圧迫することなどできない。

限界ぎりぎりを探る、高度な神経戦も含まれていた。

本当ならば、この四六センチ砲を振りかざして、向かってくる敵を沈めて沈めて沈めまくりたいところだが、今回はそうはいかない。

しかし、そうした機会は必ずくると中澤は考えていた。

アメリカ軍もやられっぱなしではないはずだ。

前線に姿を現すのはもうしばらく先ではないかと予想されているが、サウスダコタ級に続く、超大型戦艦も完成したという未確認情報もある。

それが、前線に出てくるころまでには、この『信濃』『紀伊』も戦力化して、対抗できるようにしておく。

(我々は負けん。そのために、この大和型戦艦を建造した)

中澤は両拳を握りしめた。

松田、永橋、そして中澤。

『大和』に賭けた男たちが、いよいよ前線に出そろったのだった。

一九四三年八月六日　インド洋

一方、第一戦隊の『大和』『武蔵』を筆頭とする連合艦隊の主力部隊は、長駆インド洋を西進していた。

任務は単純明快である。

再びアジア方面に戻ってきたイギリス東洋艦隊の捕捉、撃滅である。

それが、マレー、蘭印などの南方資源地帯を荒らしまわる前に対処する。危険な芽は早めに摘みとっておく。

そのために、連合艦隊司令部は直属の第一戦隊を出して、陣頭指揮を執りつつ、インド洋へ乗り込んできたのだった。

先に動かれては厄介だったが、幸いイギリス東洋艦隊は本国水域からの長期航海の後にすぐ動きだすことはなく、セイロン島コロンボ軍港に錨をおろしたまま、静養と補給に努めているようだった。

南方を襲われないまでも、いったん出撃されれば、広いインド洋上で捕捉するのは難しいと不安視する声が連合艦隊司令部内でもあがっていたのだが、それは杞憂で済みそうだった。

中部太平洋に進出して、アメリカ軍を「刺激」している第七艦隊の影響で、アメリカ軍との協同作戦の開始が遅れている、あるいは計画の見直しすら考えられているのかもしれない。

いずれにしても好都合だと、連合艦隊は西へ西へと急いでいた。

「こんなことならば、潜水艦隊も間にあったかもしれませ（んね）」

「もう言うな」

作戦参謀長井純隆中佐の言葉を、参謀長小林謙五少将は言下に遮った。

イギリス東洋艦隊への対処について、連合艦隊司令部は当初潜水艦隊を使った機雷戦によるコロンボ軍港封鎖を主張していたのである。

しかし、それは鈍足の潜水艦ではインド洋を横断するのに時間がかかり、その前に敵艦隊が動きだしてしまう可能性があると否定された。

それと、理由はもうひとつだった。

「どのみち、永久に封鎖することなどできなかったわけだ。まとまった戦力が投入できるまでの時間稼ぎのつもりだったが、こうして今、全力で叩くことができるのならば、早いにこしたことはない」

小林には当初案にこだわる気持ちは、もはやなかった。

小林が考えていたのは、東――アメリカ太平洋艦隊への備えのために戦力を割いてしまって、中途半端な戦力で西――イギリス東洋艦隊を叩こうというのは愚策であるとのことだったが、東への備えを第七艦隊という隠し玉が担ってくれた以上は問題ない。

あとは西のイギリス東洋艦隊を叩きつぶすだけだと、小林はふっきれていた。

「このままセイロン近海へ突入したとして、奇襲となれば最高ですが」

「まず、ないだろうな」

長井が期待したいと言ったのは奇襲である。軍港にとどまっている敵艦隊を一網打尽にする。身動きもままならない敵艦隊は、さして反撃もできないまま港内に次々と骸を晒すことになるだろう。

だが、小林が言うまでもなく、その可能性は乏しいと言わざるをえない。

「これだけの艦隊だからな。なんらかの手段で敵にも伝わっていると考えるべきだろう。敵も素人ではないからな」

現在、西進している艦隊は、総勢四〇隻あまりにのぼり、否が応でも目立つ。

潜水艦の哨戒網にもかかるだろうし、狭いマラッカ海峡では、当然敵の諜報員も目を光らせていたはずだ。

あとはどう敵が対処してくるかが問題だ。

もちろん、連合艦隊司令部としても、いくつかの仮説を立てて作戦を進めている。

ひとつは敵が積極的に向かってくる場合。これはもう受けて立つだけだ。もちろん、戦術的な工夫は凝らすにしても、敵と真っ向撃ちあって雌雄を決する王道の海戦となる。

もうひとつは、敵が戦闘を避けて退避した場合。これも一応考えている。どうしても捕捉できなかった場合は、コロンボ港とセイロン島にもう一カ所あるトリンコマリー軍港の両方を徹底的に艦砲射撃で破壊して、敵が再び寄港できない状態に陥らせる。

そうなれば、敵はアフリカ南東のマダガスカルまで後退を余儀なくされる。

補給が現実的にはスエズ運河経由であることを考えれば、そこも一時的な停泊地にすぎず、イギリス東洋艦隊は無力化したも同然となる。それは再び遠く地中海方面やアフリカの先まで退却させることになるからだ。

ただ、それもないだろうと、小林は考えていた。できればアメリカ軍と呼応して挟撃するのがベストだと、敵も考えていただろうが、そううまくいかないことも、敵が想定していないはずがない。

かつて七つの海を支配して、世界をまたにかけたイギリス海軍の誇りにかけて、敵は勝負を挑んでくるはずだ。


だから、この遠いインド洋にまで、キングジョージ五世級戦艦二隻、ネルソン級戦艦二隻という、主力中の主力を投入してきているのだ。本国周辺を空にしてまでだ。

それだけ、敵もこの作戦に賭けている。

敵も勝算があると考えているのだろう。

だが……。

(今回はすんなり勝たせてもらう)

小林の脳裏に、苦い記憶が蘇った。

イギリス東洋艦隊と戦うのは、これで二度めである。

一度めは開戦劈頭、戦艦『陸奥』の艦長として、南シナ海で戦った。

そのときの苦しかった思いは、いまだ拭いされずに小林の脳裏にこびりついて離れなかった。

南シナ海海戦では、戦艦の数で六対三と圧倒しながらも、自分たちは予想外に手を焼かされた。

最終的に敵戦艦三隻を撃沈することはできたものの、自分たちも戦艦『扶桑《ふそう》』を失い、『長門』『陸奥』も手酷い損害を被った。

しかも、これは水雷戦隊の援護があってのことで、純粋な戦艦どうしの砲戦という意味では、撃ち負けていたという屈辱の結果だったのである。

それと同じ轍を踏むまいと、小林だけでなく誰もが考えていた。

慢心はない。

『大和』『武蔵』がいるといっても、勝って当然とは小林は考えていなかった。

(戦《いくさ》はやってみないとわからん)

隙を見せれば、敵はそこをすかさず衝いてくる。

海上は不気味に静まりかえっていた。

航続力に長けた双発や四発の爆撃機ならば、とっくに姿を見せていいころだったが、上空は雲ひとつない青空が広がっているだけだ。

ましてや、水平線の向こうから、敵艦隊が悠然と現れることもなかった。

なにかがおかしい。

それを助長し、確定させる報告が届く。

「『利根』二号機より入電。コロンボ港に敵艦隊の姿なし。繰りかえします。コロンボに敵影なし」

「なに……」

小林は頬を引きつらせ、古賀は怪訝な顔で振りむいた。

艦隊泊地であるもう一カ所のトリンコマリー港も、先刻空になっているのを索敵機が報告している。

すなわち、セイロン島はもぬけの殻となっていたということだ。

敵艦隊はすでに出港した。

それが、事実だ。かといって、こちらに向かってきている様子もない。索敵機は一応、全方位に放っているが、どこからも敵艦隊発見の報告はない。

いったい、どうなっているというのだ。

「まさかな」

考えにくいと思っていた想定なのかと、小林は首をひねった。

もっとも容易な推測は、敵艦隊が自分たちとの戦いを避けて、あらかじめ退避したということだ。今ごろ、慌てて遁走した敵艦隊が、インド洋を南下しているとでもいうのか。

「にわかには信じがたいが」

古賀も訝しげに首をかしげたが、事実は事実だ。

「長官。こうなった以上は、計画に従って、事を進めるまでです。軍港破壊に目的を切りかえましょう」

小林は陸上目標への艦砲射撃へと、思考を切りかえた。

「コロンボまでの距離は?」

「ちょうど二〇〇海里といったところです」

古賀の問いに、航海参謀赤堀《あかほり》次郎《じろう》少佐が答えた。

現在時刻は、現地時間で一五時をまわったあたりだ。

巡航速度一八ノットで二〇〇海里先の目標への射点につくまでには、一〇時間強を要する。

ぎりぎり夜間のうちに砲撃できるといった距離である。

「軍港破壊となると、トリンコマリーも砲撃せねばなりません。二カ所を夜のうちにとなると、速力を上げねばなりませんな」

小林の指摘で計算すると、二二、三ノットまで艦隊速力を上げれば、日付が変わる前にコロンボは片付く。そのまま返す刀でトリンコマリーを叩けば、なんとかなるということだ。

しかし、そう簡単ではない。

古賀は赤堀に目を向けた。

赤堀が首を横に振って、重々しく口を開く。

「燃料に余裕がありません。二カ所に艦砲射撃を敢行して帰るだけの燃料はありますが、帰途に敵艦隊に遭遇でもした場合、洋上で立ち往生しかねません」

古賀はうめくような声を漏らした。

巡航速度というのは、燃料消費のうえで効率のよい速力を指す。そこから機関の回転を上げて加速するほど、燃料は余計に食うことになる。

敵艦隊との砲雷戦になって、最大戦速で長時間動いたり、加減速を繰りかえしたりすれば、燃費は極端に悪化して、残燃料が足りなくなる。

赤堀は立場上、その点を危惧せずにはいられなかった。

「艦隊を分割してはいかがでしょうか。敵艦隊が相手ならばともかく、軍港破壊が目的ならば、我が艦隊の全力を振りむけるのは、それこそ鶏を裂くのに牛刀を用いるようなものです。過剰な戦力投射ではないでしょうか」

「うむ」

長井の案に、小林は考え込んだ。

これまで一貫して全力攻撃、戦力集中を主張していた小林だったが、それはイギリス東洋艦隊を相手と考えてきたゆえのことである。

軍港への艦砲射撃となれば、『大和』『武蔵』の二隻だけでも過剰であって、それ以上の戦艦、巡洋艦のすべてを他方に振りむける余裕は、たしかにある。

「いかがでしょうか。長官」

「………」

決断を求める長井に、古賀は逡巡した。見落としていることはないか。それが本当に最適の選択になるのか。

古賀は別の点に気づいた。

「いや、このままいく。考えてもみれば、無理をして夜間のうちにすべてを済ませねばならんことでもあるまい」

古賀は断を下した。

たしかに夜間のほうが、敵の反撃を受ける危険性は少ないだろうが、敵はこちらの存在を知っており、二カ所めは必然的に強襲となる。

夜間の作戦実施にこだわるよりも、戦力を集中して万全を期すほうを、古賀は選んだのだった。

もっとも、空襲が苛烈で、艦隊にとって航空機が重大な脅威にでもなっていれば、話は別だったろう。

航空機が活動できない夜間のうちに、すべての飛行場を潰しておく。それが、優先課題となっていたはずだ。

しかし、今は違う。歴史の流れは、そうはならなかった。

水上艦にとっては、手強いのは航空機よりも水上艦であって、注意すべきは潜水艦や魚雷艇の不意打ちだった。

そして、戦艦の敵はやはり戦艦にほかならない。それが「現代」の海戦だった。

艦隊は巡航速度を保ったまま、コロンボを目指した。

だが、日没後、夜の帳が訪れたところで、思わぬ展開が連合艦隊を待ちうけていた。

伏兵の登場だった。

不意の爆発音が、海上の静寂を破った。

白い水飛沫が派手に撒きちらされ、そこに炎の赤い光が混じる。

「て、敵！」

誰もが跳ねあげられるようにして顔を上げ、「現場」の方角へ目を向けた。

「『野分《のわけ》』、被雷！」

「雷跡注意！　厳に」

もちろん、警戒していないはずはなかったのだが古賀は重ねて命じた。

「敵艦発見の報告はありません」

「敵潜か」

「対潜戦闘！　警戒、厳に」

古賀は続けて命じた。

（しかしだ）

艦隊は対潜警戒を目的とした傘型陣形を敷いている。

前方に駆逐艦をくの字に配置して、主力に傘をかける格好をとる陣形である。

それに加えて、的を絞りにくくするために、変針を繰りかえす之字運動を実行しながら進んできた。にもかかわらず、被雷した。そして、『野分』は第一水雷戦隊の旗艦である軽巡洋艦『阿武隈《あぶくま》』の隣――傘の最前列付近に位置していた艦である。

敵は大胆にも、その正面から不敵に勝負を挑んできたというのか？

（たまたまだ。そうに違いない）

この時点では、古賀の胸中にはそんな気持ちがあった。より正確に言えば、そう信じたい希望的な観測だった。

しかし、それは第二、第三の爆発音に呆気なく蹴散らされた。

「『嵐《あらし》』被雷！」

「『摩耶《まや》』被雷！」

たまたまではない。さらに駆逐艦と重巡一隻が魚雷を食らったのである。潜水艦は複数潜んでいる可能性が高い。

そこで、『大和』艦長松田千秋《まつだちあき》大佐が賭けに出た。

「面舵！」

直感ではない。松田は『大和』の特徴をよく把握していた。

基準排水量六万四〇〇〇トンもの巨体となると、慣性が大きく働くために、舵が利きだすまでにはかなりの時間を要する。

そこで、あらかじめ舵を切っておいて、「有事」に備えておこうという狙いである。

もっとも、面舵、すなわち右回頭することで、かえって敵の魚雷に向かってしまう危険性もつきまとうが、そこが「賭け」だ。

「おもーかーじ」

操舵長が復唱して、操舵手がからからと舵輪を右に回す。

当然、『大和』はすぐには反応しない。

全長二六三メートル、全幅三八・九メートルとひときわ大きい体躯は、何事もないかのように直進を続けていく。

前方では駆逐隊の対潜戦闘が始まっている。

すぐに撃沈とはいかないまでも、再攻撃を許さない威嚇の意味で、爆雷を次々と投射して、海面を白く沸きかえらせる。

「雷跡、右三〇度！」

そこで、見張り員の絶叫が闇を引きさいた。

やはり、『大和』に魚雷は向かってきた。

否が応でも目立つため、逃れられない宿命である。『大和』はまだ直進を続けている。「機関（長、後進一杯）」

言いかけたところで、松田はその考えを撤回した。回頭が間にあわないことを見越して、魚雷をやり過ごそうと考えたが、ここで『大和』が急減速すれば、後続している『武蔵』と衝突する可能性がある。

『武蔵』がかわしてくれると信じたいところだが、他力本願とは心許ない。

大和型戦艦二隻が衝突したら、双方とも甚大な損害を被る。最悪、魚雷一本を食らったほうが、被害が少ないと計算した。

「面舵一杯。切りつづけよ！」

「面舵一杯！」

「面舵一杯！」

操舵手が必死の形相で舵輪を回す。ここで被雷したら自分の責任だ。そんな思いを抱えながらの鬼気迫る形相だった。両目は血走り、食いしばった歯が歪んだ唇の陰に覗く。

古賀が険しい表情で前を見据え、小林は額に滲んだ汗を拭った。

「大丈夫です。本艦は魚雷の一本や二本食らっても、びくともしません」

けっして強がりではない。松田の本音だった。そうした艦に『大和』を仕上げた。いかなる敵が立ちはだかろうとも、それを圧倒して退ける不沈艦として、『大和』を造ったという自負が松田にはあった。

（少々の被雷など、どうということはない！）

もっとも、それは戦闘、航行能力を維持するという意味のことでだ。ベストのパフォーマンスを発揮するという意味では、被雷なしで切りぬけるにこしたことはない。

「雷跡、近づきます!」

上ずった見張り員の声と入れかわるようにして、『大和』はようやく艦首を振りはじめた。

海中を切りさく白い航跡は、松田らにもはっきりと見えた。

黒色の海中を貫く白い槍が、敵意を剥きだしに迫る。

「総員、衝撃に備え!」

艦内全域に通達しつつ、松田は両足を踏んばった。

白く泡立つ艦首波と雷跡が重なっていく。

小林もほかの参謀たちも、喉を干あがらせて海面に視線を落とす。

緊張が極限に達するが、呆気なくそれは終わった。

「雷跡、左に抜けました」

かろうじて、『大和』は魚雷をかわした。もしかすると、かするくらいまで近づいた魚雷が、『大和』の航進する海水の圧に押されて、かすめていったのかもしれない。

「よし」

「いいぞ」

どこからともなく声があがるが、危険がそれで去ったわけではない。一難去ってまた一難。すでに次の魚雷が迫っている。

「雷跡、左四〇度」

「舵そのまま。いっぱいで切りつづけよ」

松田は即断、即決した。

左前方からの魚雷を回避するには、ふつうは取舵を切って、やり過ごすところだが、今から切りなおしてもまず間に合わない。

軽量、俊敏な駆逐艦ならばまだしも戦艦、しかも超大型戦艦の『大和』に、軽い身のこなしを要求するのは無理がある。

それよりも、すでに右回頭に入っている『大和』に反転させての回避を試みるほうが、成功率が高いと松田は素早く判断したのである。

大和型戦艦は舵が利きだすまでの時間は長いが、旋回半径は思いのほか小さい。

真贋はともかく、直列した二枚舵の効果と言われている。

『大和』は先端に菊花紋章を戴いた艦首を右へ右へ向けつづける。左右に大きくついたフレアは、切りさいた海面から滑らかに海水を押しながし、左舷舷側から扇状に舷側波が広がっていく。

魚雷が追いつくのが先か、『大和』が振りむくのが先か、の競争だった。

こうなると、もう艦長にできることはなにもない。運を天に任せて前を向くしか、ない！

交差する針路が成す角度が、徐々に浅くなっていく。

それがゼロ、すなわち平行線となるのが先か、命中が先かのどちらかだ。

追ってくる魚雷が『大和』に到達しかける。

駄目か、いや。そのとき、松田の双眸ははっきりと捉えた。

追いすがってきた白い航跡は、『大和』を追いこして前方に伸びていく。

『大和』はすんでのところで、難を逃れたのである。

ほかに向かってくる魚雷はない。

『大和』は当座の脅威を振りはらった。航海長や操舵長は大汗を拭ったが、艦隊としてはまだまだ安泰となったわけではなかった。

「『長門』被雷！」

見張り員の絶叫に、誰もが振りかえった。

左舷をやや遅れて並走していた『長門』の舷側に、高々と水柱が突きあがっていた。

殷々《いんいん》とした魚雷命中の轟音が、夜気を圧迫しながら伝わってくる。

『長門』にしても一本の被雷で沈むことはないだろうが、戦闘、航行能力が損なわれることは免れない。今ごろ『長門』の艦内では浸水を食いとめるべく、内務班が急行して隔壁閉鎖と応急処置にあたっていることだろう。

傾斜の復元も必要になる。左右のバランスをとるために、浸水箇所の逆側に海水を引き込むが、それによる重量増加と速力低下は避けられない。

微妙な砲撃の狂いも生じてくるに違いない。

そして、『長門』だけではない。

「『陸奥』が！」

『長門』に続いていた『陸奥』も被雷した。

『陸奥』も『大和』と同様に決死の回避行動で魚雷をかわしてきたものの、ついにかわしきれずに被雷したのである。

『陸奥』は火災を生じたらしく、炎の赤い光が暗夜に煌々として見えた。

（してやられた）

古賀は険しい表情で『陸奥』を見つめた。

これで、先の損害と合わせて、駆逐艦二隻、重巡一隻、そして戦艦二隻と計五隻が被雷した。

駆逐艦二隻はそのまま沈没の憂き目を見ている。

手痛い損害である。

「まさか、敵が潜水艦で待ち伏せてこようとは」

小林も想定外だったとうめいた。

むしろ、潜水艦を使った戦術は自分たちが実行しようと計画していたことだった。

それをそっくり敵にしてやられるとは、不覚としか言いようがない。

小林はそんな思いを表情に出していた。

しかし、これはほんの序章にすぎなかった。

敵の真の目的は別にあった。

「第八戦隊司令部より入電！　『後方に敵艦隊』」

「うぐ」

「ぬっ」

その瞬間、方々から言葉にならないうめきがあがった。

重巡『利根』『筑摩』から成る第八戦隊は艦隊の殿を務めている。

敵は背後から現れたというのか。ほどなくして、『大和』の電探も敵を捉える。

「敵です！　複数の艦影を探知。大四、小五、真方位〇九〇」

間違いなく敵艦隊だった。

敵――イギリス東洋艦隊は真東から現れた。敵はいつのまにか背後にまわり込んでいた。

自分たちは敵潜水艦の奇襲に遭って傷ついている。陣形も大幅に乱れている。タイミングとしては最悪だが、敵はそこを衝いてきたのである。

連合艦隊にある戦艦五隻――『大和』『武蔵』『長門』『陸奥』『日向《ひゅうが》』のうち、いち早く応戦できたのは『武蔵』だった。

（さすが砲術の神様は違う。雷撃回避のときは狂人としか見えなかったが、動じるのはそもそも人間であって、神様はそもそも慌てることなどないってことか。

強気もあそこまでいくと、驚きや呆れをとおりこして、ため息すら出てくるからな。さすが我が

艦長だよ)

『武蔵』方位盤射手池上敏丸《いけがみとしまる》特務少尉は、苦笑混じりに微笑した。

「砲術の神様」というのは、新任艦長猪口敏平大佐を指す。

日本海軍で鉄砲屋を名乗る限りは、避けてとおれない名である。

重巡『利根』艦長黛治夫大佐、『大和』砲術長永橋為茂中佐との三人で、鉄砲屋三羽烏とか三本の矢とか呼ばれる砲術の権威である。

猪口艦長の下での「初陣」で、池上は早々に度肝を抜かれて酔いしれた。

敵潜水艦の奇襲に遭って、艦隊各艦は慌てふためいて右に左にと踊らされたが、なんと『武蔵』だけはそのまま悠然と直進したままだった。

魚雷など当たらなければ、どうということはない。むしろ、右往左往して艦を動かすと、かえって魚雷の針路に足を踏みいれかねない。断じて行えば鬼神もこれを避く。むしろ、強い信念を持って一本道を突きすすめば、魚雷のほうから避けていくはずだ。

艦長は、こううそぶいたという。

もちろん、半分はでまかせだろうが、半分は本気で言っていたのかもしれない。

また、『武蔵』ほどの艦であれば、仮に一本や二本魚雷を食らったところで、深刻な問題にはならないだろうという判断と、艦の防御力を信じる考えもあってのことと思われる。

そして、驚くことに、艦長の主張どおりに『武蔵』は被雷なしで切りぬけた。

艦長は「予告」どおりに、ただの一本も艦に魚雷を触れさせなかったのである。

たいした人だと感心したのは、池上一人ではないはずだ。

さらに、艦長の考えの奥深さを知って、池上は感銘を受けた。

『武蔵』がいの一番に反撃の砲火を閃かせられたのは、偶然でもなんでもない。砲戦になると見越して、艦長はあらかじめ艦の姿勢を砲撃向けに整えていたのである。

回頭中であったりしたら、こうはいかない。

『武蔵』は敵戦艦の出現をまるで待っていたかのように、素早く対応した。

連合艦隊の戦艦では、最速でのことだった。

「続けて第二射。撃え！」

『武蔵』はこの日二度めの砲声を轟かせた。

雷鳴を思わせる砲声は夜の静寂をなぎ払い、砲口から吐きだされた鮮烈な炎の光が、束の間巨大な主砲塔や丈高い艦橋構造物をあぶりだす。

射距離は現在二万五〇〇〇メートルといったあたりだ。

ひと昔前の夜戦では考えられない遠距離だが、電探――電波探信儀の開発がそれを可能とした。

今となっては、日本海軍の射法において、電探を測的に利用した射法も一般的になりつつある。

しかしながら、電探の測的精度はまだまだ甘い。

『武蔵』の放った重量一・五トンの四六センチ弾は、いずれも闇の向こうに吸い込まれるようにして消えただけだ。

つまり、命中もしくは至近弾らしき手応えはない。まるで、誰もいない空間に向かって、拳を振りつづけているかのようだ。

しかし、それ以上の問題がある。

自分たちが、組織だった行動ができていないことだ。

敵潜の雷撃で隊列を乱されて、『武蔵』以外の四隻の戦艦は、応戦の態勢にすら入れていない。

敵は急速に距離を詰め、次々と砲火を閃かせてくる。

もちろん、敵の射撃精度も高いとは言えないが、林立する水柱が繰りかえし出現すれば、危機感は嫌でも高まってくる。

『武蔵』に被雷する敵弾はなかったが、やがてひとつ、ふたつと命中の閃光がほとばしり始めた。

被弾したのは『長門』と『陸奥』だった。

橙色の光を反射して、束の間見えた艦影から、あたりがつく。

改装を繰りかえして複雑な多層構造となった艦橋構造物と二段式に並んだ砲郭式の副砲が、特徴的である。

もちろん、目標追尾に奔走している池上が、それを確認している暇はない。

海上に走る異質な光に、僚艦の被弾を悟るといった程度だ。

(下手な鉄砲も数撃ちゃ当たる、か)

池上も敵の射撃精度が、けっして高くないのはわかっていた。

だが、敵はそれを数の力で補った。

敵は四隻の戦艦で集中射を浴びせることで、先制の命中弾をさらっていった。

しかも、敵のネルソン級戦艦は三基の主砲塔を前部に集中配置した特異な艦と聞いている。

それは、艦の重量バランスが狂って旋回半径が多大になり、操舵が極めて難しいとか、敵に背後をとられれば主砲による反撃がまったくできない、などのデメリットがある反面、効果を発揮できる場面は限定的との話だったが、今はまさにそのベストといえる条件下にあった。

全速前進を続けた状態で、ネルソン級戦艦は主砲塔全基が使用可能なのである。

その「数の力」で、敵は先手をとった。

さらに、気に入らないこともある。

（英国海軍も落ちたものだな）

敵は『大和』『武蔵』を狙わずに、すでに傷つき、速力が鈍った『長門』『陸奥』を狙った。

戦術的には合理的な判断になるのだろうが、あえて「弱敵」を狙うとは情けない。

（大英帝国の威信だの、誇りだの、普段偉そうに言っているわりには弱気なものだな）

池上は胸中で悪態をついたが、それだけイギリス海軍にも余裕がない、勝利のためにはなりふり構っていられない、といった証拠なのだった。

なにせ、イギリス海軍は対日開戦早々に、東洋艦隊が一度全滅するという憂き目を見ていたのだから。

（それはそうと、三矢《みつや》よ。いつまでもたもたしとるか。さっさとせんか、さっさと！）

池上は『大和』艦上にいる同期の三矢駿作《しゅんさく》特務少尉に向けて、胸中で叱咤した。

連合艦隊は極度の混乱状態からは脱しつつあった。すでに水雷戦隊らには戦隊毎の突撃命令を出し、残りは戦艦五隻の扱いとなっている。

「まもなく単縦陣に移行できます」

「よし」

時間はかかったが、ようやく立てなおしができたと、司令長官古賀峰一大将は小さく息を吐いた。

敵は高速で接近しており、応戦は急務だが、問題はどう戦うかだ。

「一戦隊に、二戦隊と無理に歩調を合わせさせる必要はないと考えます」

作戦参謀長井純隆中佐が意見を述べた。

先の艦隊再編で第一戦隊は大和型戦艦四隻――『大和』『武蔵』『信濃』『紀伊』で構成し、『長門』『陸奥』『伊勢』『日向』を第二戦隊とするよう改編されている。このうち『信濃』と『紀伊』は第七艦隊として別な任務に従事し、『伊勢』は機関不調で今回の作戦参加を見合わせているのだが。

「一戦隊と二戦隊とでは、元々速力差もありましたし、『長門』『陸奥』が全力航行できない以上、統一行動をとるには、一戦隊の速力を大幅に制限せざるをえません。それは敵を利することになると考えます」

「いや、待て」

長井に待ったをかけたのは参謀長小林謙五少将だった。

「敵は二戦隊を狙っているのだぞ。そこで一戦隊と別行動させるというのは、二戦隊を見殺しにするということにならんか？」

「いえ。そうではありません」

怪訝な表情の小林に、長井は迷いのない声で続けた。

「敵戦艦も速力の異なる艦で構成されております。敵は現在それを一本化させて行動しておりますが、一戦隊の行動でそれを強制的に分けさせるのです」

「速い新型戦艦を釣りだすということか」

「そのとおりです」

長井の考えには、さらに先があった。

「敵がそれでも戦艦四隻すべてに一体行動をとらせるならば、一戦隊は前に出て、敵一番艦から各個撃破をはかればよいのです」

「理にかなっているな」

古賀は長井の具申を受けいれた。

逡巡している暇はない。『長門』『陸奥』はこの間にも被弾を重ねている。敵はワシントン海軍軍縮条約明けの新型戦艦と『長門』『陸奥』のライバルにあたる一六インチ砲搭載戦艦の『ネルソン』『ロドニー』である。

容易な相手ではない。ぐずぐずしていては、さしもの『長門』『陸奥』も危ない。

「いいな」という古賀の視線に、小林もうなずく。

決まりだ。

「一戦隊、針路○《まる》、三《さん》、○《まる》。最大戦速。『大和』『武蔵』とも砲撃目標は敵一番艦とする。回頭終了次第、撃ち方はじめ」

古賀は命じた。


『武蔵』もあらためて『大和』に後続して砲撃を再開する。

『大和』『武蔵』の巨砲で劣勢を覆す。『長門』『陸奥』を傷つけられた礼は、たっぷりとお返しさせてもらう。

そんな意気込みで砲術科員たちは、配置に就いていた。

『武蔵』に合計で五射以上遅れながらも、『大和』はようやく砲撃開始にこぎつけた。

（焦るな。焦っちゃいかん）

方位盤射手三矢駿作特務少尉は、繰りかえし自分に言いきかせた。

方位盤射手という統制射撃の体制をとっている限り、『大和』の砲撃の成否は三矢の指先ひとつにかかっているといっても過言ではない。

砲塔側の準備が整っていない状態で、三矢が慌てて引き金を絞っても、当然砲弾は発射されない。出弾率の低下と、そこからくる命中率の低下は、三矢の失敗によってもたらされかねないのである。

しかし、三矢はここまで射手としての腕を磨いてきた自負があった。実戦経験も豊富に積んできている。「大丈夫だ」と、自身を勇気づける余裕もあった。

正直出遅れたが、ここからだ。

敵潜水艦の優先目標となったであろう『大和』だが、それは艦長の巧みな操艦で切りぬけた。艦はなんら傷ついておらず、砲撃は全力で行える。

ただし、測的と照準が不正確な状態で、やみくもに撃っても意味がない。

暗闇のなかに、砲弾を捨てるようなものだ。

ただ、ひと昔前と違って、電探が発達した今は、夜戦だからといって、極端に近距離でないと砲撃できないという時代ではなくなってきている。電探も発展途上であるから、方位に関しては光学照準での補正が必要というのが実態だが、それは砲術長永橋為茂中佐も十分理解していた。

だから、サモア沖海戦のときと同様に、永橋は星弾を三射放って敵影をあぶりだした。

青白い光の下に、敵の新型――キングジョージ五世級戦艦の姿がおぼろげながらも浮いてくる。

四連装と連装の形状も大きさも異なる主砲塔の混載、前後高さが等しい二本のマスト、直立した二本の煙突とその間に配された航空兵装などが特徴的である。

三矢にとっては、あの苦戦した南シナ海海戦以来の再戦であるが、重巡『熊野《くまの》』から戦艦『大和』へと三矢の「拳」は格段に力を増している。

（いけるはずだ）

三矢の双眸は鋭さを増していた。

「目標、敵一番艦。撃ち方はじめ」

永橋は妙な真似は不要だと、基本に忠実な指示を出した。

日本海軍の砲術教範に則った初弾観測二段撃ち方である。

すなわち、各砲塔一門ずつの試射と観測を行って、一射めの弾着で方位を、二射めの弾着で距離を修正して照準を定めるという二段階を踏む方法である。

照準が定まるまでは全力射撃はいらない。

弾着を待たずして、慌てて発砲を繰りかえすことも必要ない。

弾着のばらつき範囲――散布界内に目標を捉えてはじめて、全力射撃に移行する。

派手さはないが、もっとも確実な方法と言える。先手を敵にとられはしたが、彼我の戦力差を考えれば無理をする場面ではないと判断しての措置である。

「撃え！」

三矢は落ちついて引き金を絞った。一喜一憂しない泰然自若とした永橋の振る舞いは、三矢ら部下に安心感を与えるものだった。

発砲の反動が指先をつうじて全身を貫く。一般人ならば、めまいを感じるほどの衝撃であって、三矢も今なお目の前に火花が散ったかの錯覚を覚えるほどだ。

一射め、変化なし。二射めも手応えなし。

まだ二万メートルあまりの距離があること、目標が全速航行していること、射角が浅いことで狙いがつけにくいこと、から、すぐに命中を得るのは難しい。

『武蔵』の射弾も到達するが、命中弾は得られていないようだ。

ただ、これは想定内のことと言える。

想定外なのは、敵が意に介さずに動いていることだ。

新型戦艦二隻を引きはがしたいのが自分たちの思惑だが、敵は四隻の戦艦を一体としたまま行動しつづけている。

『長門』『陸奥』を先に葬ろうとする敵と、敵戦艦を分割させて有利な条件をつくりだしたい自分たち、とのせめぎ合いである。

だが……。

(どこまで我慢できる)

三矢は敵に投げかけた。

敵が現状にこだわればこだわるほど、実は敵にとっても危険な状況ともなる。

まったく自由の状態にある『大和』『武蔵』に好き放題に巨弾を浴びせられつづけるのだから。

そして、ついに七射めにして、『武蔵』の一撃が目標を捉えた。

発砲炎とは明らかに異なる橙色の閃光が宙を裂き、大小赤い光が明滅する。

それに引きよせられたかのようにして、今度は『大和』の射弾が目標に突きささる。

(やった!)

声にこそ出さなかったが、思わず三矢は胸中で喝采を叫んだ。グリップを握る手にも、自然に力が入った。

それほどのはっきりした有効打だった。

命中の閃光がほとばしったかと思うや否や、紅蓮の炎が目標艦上に噴きだした。

　赤々とした炎の光を背景として、無数の破片が飛びちって海面を叩く様までも見えたような気がした。

　明らかに砲弾炸裂だけの爆発規模ではない。

　なんらかの誘爆が加わったものとしか考えられない。

　恐らくは主砲塔を潰したのだろう。

　だが、ここまでだった。

　主砲塔を爆砕させたのであれば、『大和』の放った徹甲弾が直接弾火薬庫まで達するか、あるいは給薬路を辿った炎が火薬庫へ達するかする可能性がある。

　そうなれば、目標が大爆発して轟沈してもおかしくないと期待したが、そこまでには至らなかったらしい。

（落角が浅かったか？）


　三矢もだてにここまで砲術の道を歩んできたわけではない。海兵出の士官ではないため、実務に従事して自身の腕を磨いて自分の価値を高めてきた男だが、射手としての技量は海軍屈指を自負している。

　気持ちのうえでは「自分の右に出る者はいない」と、同期の『武蔵』方位盤射手池上敏丸特務少尉と、つばぜりあいをしているほどである。

　その過程で、弾道特性や砲の構造、砲弾の形状や重量からくる射距離の延伸や注意点などの砲術理論も身についてきている。

　だから、特務少尉という、その道の達人としての称号を与えられているのだ。

　若い兵から見れば羨望の的であって、下手な砲術学校の教官よりも弾着の分析や解析もできるというのが真実だ。

彼我の距離が二万メートルほどに詰まっている。

夜間の砲戦という意味ではまだまだ遠距離かもしれないが、『大和』の射距離という意味では、実はもう近距離の範疇に入ってきている。

こうなると、弾道は低い放物線を描き、命中時に砲弾は上からではなく、横から当たることになる。十中八九、『大和』の四六センチ徹甲弾は、目標の主砲塔を水平方向に破壊したに違いない。その一発は主砲塔を豪快に撃砕したものの、艦の深部を抉るまでには至らなかったのだ。

しかし、効果はてきめんだったようだ。

敵一、二番艦は面舵を切って変針した。

低速のネルソン級二隻にこれ以上合わせていては、一番艦が集中砲火を浴びて危ないとの判断であろう。

敵にしてみれば、正しい判断である。


しかし、しかしだ。立ちどまるも地獄、進むも地獄とはこのことだ。

これで、敵新型戦艦二隻は『大和』『武蔵』と二対二での砲戦となる。

自分たちにしてみれば、願ってもない展開だが、敵にしてみれば好ましくない展開と言える。

（いける！）

ここで三矢は、形勢逆転と勝利の光を見たような気がした。


砲術長深見盛雄《ふかみもりお》中佐以下、戦艦『武蔵』の砲術科員は意気軒昂に戦っていた。

方位盤射手池上敏丸特務少尉も、その一人である。

猪口敏平大佐が艦長として来てから、『武蔵』の雰囲気は変わったと思う。前任の有馬馨少将が悪かったということではない。

世界的にも一目置かれている「キャノン・イノグチ」が来たことで、『武蔵』はさらに砲撃を強調した戦艦として、戦う集団へ加速したように感じるのである。

艦長は砲術科へ直接指導することもあって、池上のその砲術理論の深さには、あらためて感心させられることが幾度もあった。敬服や驚愕の域にすらおよぶものだった。

それに加えて、艦長から感じるのが、強気と積極性である。それは重巡『熊野』でいっしょに戦っていた同期の三矢駿作特務少尉からも聞いていたことだった。

それだけの強い印象を与えるほどの人物だから、「砲術の神様」だなんだと騒がれるのも納得だった。

艦内電話で艦長とやりとりしていた深見が振りかえる。

「砲撃目標、そのまま。敵一番艦に向けて砲撃続行！」

「はっ！」

池上をはじめとして、射撃指揮所にいた全員が応答した。

（やはり、そう来たか）

現在、『大和』『武蔵』と敵一、二番艦とは同航戦に入っている。

敵は一、二番艦がそれぞれ『大和』『武蔵』に砲撃を開始した。普通ならば、自分たちもそれぞれ一、二番艦を目標として一対一の砲戦に入るところだが、あえて自分たちは一番艦への集中射を優先して続行することにした。

状況からして、艦長が進言したものと推測できる。ここで『武蔵』が敵二番艦に目標を切りかえれば、砲撃はいちからやり直しになる。ここは一番艦への砲撃を続けて、それを早期に撃沈ないしは無力化したほうが得策だ。敵二番艦はその後で『大和』と二隻であたればいい。

トータル的にみれば、これがベストだ。と、艦長が進言したであろうことは、容易に想像がつく。砲撃、砲術という観点からすれば、そのとおりに違いない。

ただ、その間、『武蔵』は自由になっている敵二番艦から一方的に砲撃を浴びることになる。

並の艦長ならば躊躇しかねないだろうが、そこが猪口艦長なのである。

「なに。敵の一四インチ弾など、五発や一〇発食らったところで、この『武蔵』は沈みやせん。その程度のことが心配だったら、早く敵一番艦を沈めることだ」

そう笑いとばす艦長の顔が、すぐそこに見えたような気がした。

「撃えー！」

『武蔵』は続けて発砲する。

めくるめく炎の光が闇をなぎ払い、爆風に叩かれた海面が真っ白に波立つ。

敵一番艦はすでに火災の炎を背負っているため、追尾は容易である。

つまり、すでに勝負は決している！

『武蔵』の射弾は目標の中央に飛び込んだ。

橙色の閃光が十字に伸びたと思って間もなく、前部マストがゆっくりと倒壊するのが見えた。

被弾によって傷ついた基部が重量に耐えきれなくなってのことだろう。

遠目からは見えないが、周辺の高角砲や機銃もまとめて破壊しているはずだ。

そこに、『大和』の弾着が相次ぐ。

連続した閃光と炎が弾け、褐色の煙が濛々と湧きだす。

爆発の光がひととおり納まったとき、目標の艦容は大きく変貌していた。

重厚な艦橋構造物の上部は削ぎおち、前部マストに続いて直立した煙突二本のうち一本が失われている。

かなりの打撃のはずだ。

炎は艦の前部にかけて大きく広がり、前部の主砲塔二基は少なくとも機能不全に陥ったらしい。

それでも残った後部の主砲塔一基が反撃の炎を閃かせたのは、かつて世界を我が物顔で支配したロイヤル・ネイビーの意地といったところか。

また、それだけの被害を受けながらも、艦が沈んだり、大傾斜したりしないのは、それだけダメージ・コントロールが優れているということだろう。

さすがに新型だけあって、注排水や延焼防止の機能や構造がしっかりしているということか。

敵も当然やられっぱなしではない。

敵二番艦の弾着は次第に近づき、ついに直撃弾の衝撃が『武蔵』を震わせた。

ただ、たいしたことはない。瞬間的に火花が散り、鋭い金属音が伝わっただけだ。

敵弾は『武蔵』の主砲塔を直撃したものの、厚さ六五〇ミリの装甲に阻まれて、跳弾となって消えたのだ。

次に艦中央喫水線付近を襲った敵弾も、あえなく舷側装甲に弾きかえされて終わる。

唯一、艦首の非装甲部に命中した一発だけが、小火災を起こすが、それもすぐに鎮火される。

軍縮条約の延長を見越して設計された敵の一四

インチ砲は従来の砲に比べて、格段に威力を増した新型砲だったが、『武蔵』には歯が立たないというのが現実だ。

さすがに一ランクどころか、二ランクも違う相手となれば、「格下」であるのは補いようがないということだった。

それでも敵二番艦は一番艦の危急を救うべく、一四インチ弾をぶつけ続けてくる。

「右舷中央に直撃弾。バルジ損傷」

「左舷後部に至近弾。損害なし」

「右舷前部に直撃弾。二番高角砲塔損壊」

損害は軽微だ。問題ない。

『武蔵』はかまわず撃ちつづける。『大和』とともに重量一・五トンの巨弾を敵一番艦に集中する。

直撃弾炸裂の閃光が二度、三度と宙に伸び、艦上にまとわりついた炎を爆風が煽る。

「撃ち方やめ」

深見の指示で、池上は手を止めた。

ここまでしぶとく粘っていた敵一番艦も、ついに力尽きたようだ。

発砲炎は完全に途絶え、艦体は炎の塊と化している。

洋上に立ち往生していないことから、まだ機関は動いているようだが、それが停止して沈没するのも時間の問題だろう。

さしもの敵新型戦艦も『大和』『武蔵』の前に、膝を屈したのだ。

「目標を敵二番艦に変更！」

（艦長の狙いどおりだな）

そのとおりの展開になったと、池上は思った。

池上も戦艦『日向』の方位盤射手として、南シナ海で敵新型戦艦と戦った経験がある。

あのとき、さんざん手を焼かされた敵を、今回は危なげなく仕留めることができた。

『武蔵』という強力な戦艦を繰りだしたことに加えて、『大和』との集中射でより確実に、より早く、目標を撃沈することに成功したのである。

（あの二番艦も、もう命運尽きたようなものだ）

池上は新たな目標を見据えた。

『武蔵』の欠けることのない三基の主砲塔が、ゆっくりと旋回していった。


戦艦『大和』艦長松田千秋大佐も、戦艦『日向』艦長として戦った南シナ海海戦とは違った戦況に、たしかな手応えを得ていた。

松田が『大和』艦長に就任して敵艦隊と戦うのは、これが初めてである。

その初陣で、敵潜の奇襲というアクシデントを跳ねかえして砲戦を優勢に進めていることには、自信を持っていい。

しかも、その相手は当時の日本海軍の主力でぶつかっても苦しんだイギリス海軍の新型戦艦二隻ときているから、なおさらである。

（これが大和型戦艦の力だ！）

松田は誇らしげに胸を張った。

手前味噌ながら、この戦いぶりや指揮を褒めるよりも、やはり自分の功績はこの『大和』を生みだしたことに尽きると思う。

松田は「有事」に備えて、『大和』の基本構想を研究、策定した生みの親である。

開戦すべきか否かを問うのではない。

米英との戦争など勝てるはずがないと、当の軍人が努力も検討もせずに両手を挙げては責任放棄だ。軍人失格だ。

わずかでも勝機があるならば、それを広げるべく全力を尽くすこと。それだけの準備を限界、極限まで進めておくこと。

それが、自分たちの務めだ。

負けたら、三流国家以下の植民地になるかもしれない。国民、皆奴隷となって働かされるかもしれない。

それでも二流国家にとどまれという理不尽な要求には屈しない。危険性を承知のうえで戦うという勇気を国民が見せるならば、国がそれを選ぶならば、やってやろうじゃないか。

そこで必要な準備として建造したのが、この『大和』である。

同時期に敵が建造してくるであろう新型戦艦をも寄せつけずに勝つことができる不沈艦――それを目指して『大和』は設計、建造された。

『大和』はその期待に、見事に応えてみせた。南シナ海であれだけ苦しんだ相手を圧倒している。素晴らしい。

草案に関わった艦を現実のものとして、それを自ら指揮するという幸運に自分は恵まれた。

軍人として、これ以上の喜びがあろうか。

松田はこのうえない満足感を得ていた。

もちろん、それは満足して終わるものではない。今度はその実力を知らしめるという役割を担ったのだと、松田は今一度自分を引きしめた。

「敵潜の兆候はないな？　油断するな。駆逐艦の接近注意、警戒怠るな」

砲戦に夢中になっている相手は、潜水艦からすれば隙を衝きやすく、狙いやすい対象となる。

艦長という立場では、敵戦艦との砲戦に没頭することなく、あらゆる危険性を考慮して排除しておかねばならない。

松田は感情に流されることのない、理知的な男だった。

松田が発案した砲撃への電探の活用も、着実に効果をあげている。

問題ない。いける！

（どうやら、自ら墓穴を掘ったようだな）

『武蔵』との挟撃も念頭にあった松田だが、その必要はなかった。

敵が先に動いた。

一番艦が戦闘不能に追い込まれて間もなく、もはや勝機に乏しいと判断した敵二番艦は反転しての逃走を試みた。

そこが、勝負のあやだった。

水上艦の弱点である艦尾をまともに晒しているところを、『大和』と『武蔵』の射弾が襲った。


三脚式の後部マストがへし折れ、二番煙突が周囲のカッターやクレーン、機銃座を巻き込みながら倒壊する。

艦内部にも火災が発生したらしく、白煙も湧きたった。

（どうやら機関をやったな）

白濁した艦尾波が見えなくなっている。急速に速力が衰えた証拠である。

こうなればもう逃げることすらできない。

「長官。もはや勝敗は決しました。降伏勧告してはいかがでしょうか」

連合艦隊司令部参謀長小林謙五少将が具申したが、敵が受けいれることはまずないだろうと、松田は思った。

イギリス海軍は誇り高い組織である。敵の軍門に下ってまで生きながらえようとはしないだろう。

艦長は艦と運命をともにするのが習わしであって、敵に拿捕されるくらいならば、ともに沈んだほうがいい。そのような精神性を持つのが、イギリス海軍である。

かつて師と仰いだ自分たちにも、その精神性は受けつがれており、自分が向こうの立場であったとしても、降伏という選択肢はないだろう。

「よし。やってみろ。撃ち方やめ」

「撃ち方やめ」

松田は復唱し、いったん『大和』は矛を収めた。

降伏勧告の発光信号が放たれる。

だが、松田の予想どおりだった。

返答は「発砲」という形で返された。

戦う手段が残っている限りは、最後まで戦う。

それが、イギリス海軍の誇りと意地だ。

闇を引きさく鮮烈な発砲炎に、松田は敵の固い意志を見たような気がした。

「無意味な。これを独りよがりと言わずして、なんと言うか」

小林は忌み嫌って吐きすてた。

小林の言葉は、わずらわしいという意味以上に、指揮官だけならともかく、多数の兵まで道連れにする愚かさをついていた。

「無駄な血を流さずともよいものを」

「砲撃再開」

「砲撃、再開します」

古賀の指示に、松田は復唱した。

正直なところ、もう勝負はついている。あとは敵に「けじめ」をつけさせるためだけの戦いだった。

それには、さほど時間を要さなかった。

五分としないうちに、敵二番艦は完全に沈黙し、艦体は横転しかけていた。

キングジョージ五世級戦艦の特徴である右舷前部に巻きあげられた二連の主錨は海面すれすれまで傾き、上甲板の一部を波が洗っている。

夜間であることと、絶え間なく湧く煙と水蒸気に遮られて肉眼では確認できないものの、大型で角張った艦橋構造物と一四インチ主砲塔三基をはじめとして、一三・三センチ連装両用砲、四〇ミリ八連装ポンポン砲、二本の前後マスト、航空兵装ら、艦上構造物のほとんどが原形をとどめないほどに破壊されているものと思われる。

舷側に走った亀裂や上甲板に覗く破孔からは、今なお海水が艦内に流入して、艦の余命を削っていることだろう。

「あまりいい気分はしないものだな」

古賀がぽつりこぼした。

敵が選んだこととはいえ、無残な姿と化した戦艦は見るに堪えないものだった。

何万トンという鉄の塊が、あれだけの憐れな残骸になっているのだ。

死傷者は数知れず、艦の内外は地獄の様相を呈しているに違いない。

ひとつ間違えれば、自分たちがああなるのだと思うと、砲戦に勝ったと能天気には喜べなかった。

また、それ以上に重要なことがあった。

「長官。二戦隊司令部より入電です」

通信参謀重川俊明《しげかわとしあき》少佐の声に、古賀は異変を感じとった。振りかえって見えた重川の表情も、明らかにこわばっている。

「……なんだと」

電文に目を落とした古賀も、そこで絶句して固まった。

第一戦隊が引きかえしてきた海域も、すでに砲声は止んでいた。

海上では生きのこった艦による溺者救助が行われている。

沈んだ艦から投げだされた者や、脱出した者は一〇〇〇人や二〇〇〇人にとどまらない。

舷側から次々とロープが投げ込まれて、健常者はそれを伝って這いあがる。

皆、必死の形相で昇っていくが、甲板に辿りついたところで安堵のあまりにへたり込む者が少なくない。

カッターを下ろしての救助も行われている。

「負傷者優先だ。声を出すかなにかして知らせてくれ」

一人でも多くの仲間を救おうと、生きのこった艦の乗組員は暗い海上で捜索活動を繰りひろげるが、本当に救助を必要とする者は声すら出ない。

「ここに一人いる」

同僚に助けられ、辛くも収容される者もいるが、一人また一人と力尽きた者が海中に消えていく。

「やはり、被雷の影響が大きかった、ですかな」

「……」

嘆息する小林に、古賀は憮然としたまま、定まらない視線を海上に向けていた。

それだけ大きな衝撃だった。

「我、ネルソン級戦艦一隻を撃沈、一隻を行動不能に陥らせるも、『陸奥』沈没、『長門』損傷大につき、総員退去を命ず」

第二戦隊司令部からの電文には、そう書いてあった。

『長門』と『陸奥』は、ワシントン海軍軍縮条約下で、世界のビッグ・セブンと称された一五年来のライバルと撃ちあい、刺しちがえるという壮絶な結末を迎えたのである。

すでに『陸奥』の姿は海上にはなく、『長門』も気息奄々といった様子で、海上に停止している。炎はなお燃えさかっており、周辺の海水を気化させ、それが沈みゆく『長門』にまとわりついている。

『長門』はのけぞるように大きく傾き、艦尾は完全に海面下に飲み込まれている。

周辺海面には多量の泡が生じており、さらに海水が浸入して艦内の空気を押しだしていることを表していた。

もはや、手の施しようがないことは、誰の目にも明らかだった。

「…………」

古賀は絶句したまま、ひと言も口にしなかった。いや、できなかったと言ってもいい。

『長門』と『陸奥』は交代で連合艦隊の旗艦を務め、長く日本海軍を支えてきた象徴的な艦である。極秘裏に建造された『大和』『武蔵』と違って、広く国民にも知られており、『長門』『陸奥』は日本の誇りとカルタにまで謳われて親しまれてきた艦なのである。

それを、しかも二隻同時に失うというのは、痛恨の極みだった。

(潜水艦の奇襲を受けたことが災いしたな)

松田は冷静に戦況を分析した。

主砲は同じ一六インチクラスのものを『長門』『陸奥』は八門、『ネルソン』『ロドニー』は九門と、敵が一門優勢ではあるが、『長門』『陸奥』は数ノット優速で、性能的には互角と思われていた。

そこで、日本海軍自慢の高い技量を持つ砲員をもってすれば必ず勝てると連合艦隊司令部は考えていたのである。

しかし、実際にはそうならなかった。

松田は砲術畑の男であるが、それ以上に操艦の名手として知られている。

その実力の一端は、今回の敵潜水艦からの雷撃回避でも披露したと言える。

松田が思うに、『長門』と『陸奥』は被雷による浸水で重量が増して速力が鈍ったこと、浸水拡大防止のために閉めた防水隔壁に過度な負担をかけられないという考えから、速力を抑制すると同時に操艦にも躊躇させられたこと、が砲戦に悪影響を与えていたのではないか。

さらに艦のトリムも狂ったり、動揺も大きくなったりして、砲撃精度が低下していた可能性もあると考えていた。

もしかすると、『長門』『陸奥』と離れることなく戦えば、二隻を失うことはなかったかもしれないが、本当にそうなったかどうかは誰もわからないし、それが正しい判断だったかどうかもわからない。

敵新型戦艦二隻を撃沈できなくなったかもしれないし、『大和』『武蔵』が代わりに思わぬ打撃を被った可能性もないとは言いきれない。

「『長門』沈みます」

『長門』の沈下が加速した。

複数のきしみ音が悲鳴するように響き、艦の傾きが増した。周辺に生ずる気泡と水蒸気は一段と激しくなり、海水が熱せられて気化する音が、『大和』にまで聞こえたような気がした。

炎を残しながら、『長門』は艦尾から海中へ引きずりこまれていく。

航空兵装から全半壊した四番、三番主砲塔、そして艦の三分の二ほどにあたる後檣付近まで没するころ、逆に艦首が海面上に浮きあがった。

喫水線下の暗い赤色に塗装された部位までが、はっきりと海面上に顔を出し、『長門』はいよいよ断末魔を迎えつつあった。

「勇敢なる」

古賀は声を張りあげた。感情の高ぶりで、心なしか声が震えていたように聞こえた。

「『長門』とその乗組員に敬礼！」

小林以下、連合艦隊司令部の面々がいっせいに姿勢を正して敬礼した。

松田ら羅針艦橋にいた『大和』の乗組員も倣う。踵を合わせる音が響き、そこに軍服がこすれる音が重なる。

指先まではっきりと伸びた見事な姿勢が連なった。

こうして、後日セイロン島沖海戦と命名される日英海軍の夜戦は終幕した。

日本海軍連合艦隊は、再びインド洋に戻ってきたイギリス東洋艦隊に壊滅的な損害を与えて、それを撃退した。

しかし、その代償も大きかった。

戦艦『長門』『陸奥』を失うという損失は、物的なこと以上に、将兵に与える精神的打撃が大きかった。

長く日本海軍の精神的支柱として働いてきた長門型戦艦の時代はここで完全にピリオドが打たれ、名実ともに大和型戦艦が日本海軍の屋台骨を支えていくことに、時代も変わったのだった。

第三章　凋落の同盟

一九四三年九月六日　北アフリカ・カサブランカ

日独伊の同盟国と米英ソの連合国との戦争は世界各地を戦火に巻き込み、世界大戦と化している。三〇年前のドイツ、オーストリアなどの同盟国とイギリス、フランス、ロシアなどの協商国との大戦を第一次世界大戦として、第二次世界大戦と呼ぶべき戦争に拡大しているのである。

そのなかで、アメリカ海軍の活動の場も、強敵日本海軍と死闘を繰りひろげている太平洋にとどまるものではない。

ヨーロッパを臨む大西洋と、イタリアを主敵とした地中海にもまた、星条旗を翻した艦隊が進出していた。

「第三群より報告。『レンジャー』搭載機に対して、在泊艦艇および地上からの対空砲火を確認。明確な敵対意思と認む」

「どうやら、交渉は決裂のようだな」

アメリカ海軍第三四任務部隊第一群指揮官ロバート・ギフェン少将は、ため息混じりにつぶやいた。

いったいどうなっているのかと、作戦の構想自体にギフェンは疑問を抱いている。

第三四任務部隊は「トーチ」と名づけられたイギリス軍との合同作戦に従事している。

トーチ作戦とは北アフリカの西部カサブランカ、中部オラン、東部アルジェへの同時上陸作戦を決行し、エジプトから西進してくるイギリス中東軍と呼応して、北アフリカ駐留の独伊軍を挟撃、撃滅しようという作戦である。

これによって、北アフリカ戦線は消滅し、いよいよイタリア本国にも火が付くことになる。

敵の敵は味方ということで、いつのまにか盟邦となったソ連も、第二戦線の活発化を望んでいる。

それによって、ドイツ軍の東方への圧力が弱まることを期待してのことであり、その要求に応える意味もあるらしい。

しかしながら、事態はそう単純ではない。

北アフリカ西部は広くフランス領となっており、上陸地点がいずれも「敵地」とも「安全地帯」とも言いきれない微妙な位置づけの地域だったのである。

開戦初期にドイツの電撃的な侵攻の前に敗れたフランスは、ドイツと休戦協定を結んでフランス南部を統治するヴィシー政権と、ロンドンに亡命したシャルル・ド・ゴール前国防次官を代表として対ドイツ徹底抗戦を主張する自由フランスとに分かれて、混沌とした状態にある。

北アフリカのフランス領はヴィシー政権の支配下にあって、「中立地帯」であるために、本来は軍事作戦が認められる地域ではない。

だから、作戦開始にあたっては、ヴィシー政権軍の最高指揮官であるフランソワ・ダルラン海軍大将と交渉したうえで無血上陸を行うもの、とされていた。

ところが、である。

「元々ヴィシー政府はドイツの顔色を窺わねばな

りません。あからさまに、我々に協力はできないでしょう」

ギフェンが将旗を掲げる戦艦『マサチューセッツ』艦長フランシス・ホワイティング大佐が、あっさりと言った。

冷ややかなホワイティングの顔も、「そもそも、そんな構想自体が無理だったのですよ」と言いたげだった。

「例の一件で反英感情も高いでしょうし。ただ、イギリス軍からしたら、いっそのこと我々に在泊艦艇を一掃してほしいのが本音ではないですかね。もしかすると、だからわざと交渉も決裂させたとか」

「それは考えすぎだろう」

そう言いつつも、ギフェンも感情面でそうした背景は否定できないだろうと思っていた。


あまりに段取りが悪すぎるし、お粗末すぎる。何万の兵を動かす軍事作戦としては、およそ考えられないドタバタぶりだ。

そもそも自分たちのような強力な艦隊を連れてきている時点で、戦闘が前提にないとは言えないだろう。

ホワイティングが言うように、イギリス軍は宙に浮いた状態の危険要素であるフランス軍、特に有力なフランス艦隊を処分してしまいたいと、心の底では考えているとみて間違いないだろう。

「メルセルケビルのことをフランス人は忘れていませんよ」

ホワイティングの言うメルセルケビルとは、二年前の七月三日に生起したメルセルケビル海戦のことである。

フランスは陸戦で大敗してドイツに降伏したが、

降伏時点で海軍はほぼ無傷で残っていた。

艦隊はばらばらになりながらも、本国を脱出して各地の植民地に身を寄せるという流浪の艦隊と化したのである。

新鋭戦艦四隻を含む艦隊がドイツ軍の手に落ちることを恐れたイギリス軍はメルセルケビルを襲って、在泊のフランス艦隊を攻撃した。

それが、メルセルケビル海戦である。

かつての盟邦に牙を剥かれ、ようやく逃げのびていた艦隊と将兵に危害を加えられたのである。

フランスの対英感情が悪化するのも当然だった。

だから、このトーチ作戦も計画どおりに無血で終わることなどないだろうと考えるアメリカ軍将兵は少なくなかった。

ホワイティングはその急先鋒だった。

それに、目の前のカサブランカ港には、イギリス軍が潰しそこねたフランスの残存艦隊がいるのである。

「一戦交える覚悟といこうか」

ギフェンも腹をくくった。

上陸作戦の総指揮を採るケント・ヒューイット少将からも、追認するような指示が届く。

階級は同等だが、先任なためにヒューイットが上官の位置づけにある。

それゆえ、ヒューイットが直率する第九群は上陸部隊を抱えた本隊となるが、旗艦は重巡『オーガスタ』にとどまり、戦闘の主役はギフェンが率いる第一群である。

第一群の戦力は、サウスダコタ級戦艦の三番艦『マサチューセッツ』、重巡『ウィチタ』『タスカルーザ』、駆逐艦四隻である。

艦隊全体としての布陣は、第一群が突出してカサブランカ港沖に展開し、本隊の第九群と偵察隊と言える空母『レンジャー』を主とする第二群は後方に控えている。

「作戦を強行する。揚陸用意。各艦隊とも在フランス軍の抵抗に備えよ。発砲を許可する。作戦中止はありえぬ。敵の排除に努めよ」

（こう言うしかないだろうな）

トーチ作戦は三カ所に同時揚陸が予定されている。独自に作戦を中止するなど、そもそもご法度である。

とにかく、フランス軍がどう動こうとも、作戦は進めるしかない。

北アフリカに陸戦兵力を大量に送り込む。

それは、絶対の要件だった。

「総員、戦闘配置。昼間砲戦に備えよ！」

ギフェンは命じた。


早くも砲声が轟き、艦隊のど真ん中に白い水柱が噴きのびる。

六インチ、いや八インチクラスか。

「陸上砲台のようですね」

ホワイティングが双眼鏡で港内奥を見渡した。

事前情報で少なくとも四門の沿岸砲台があることが知らされている。

一九四ミリ砲を持つエル・ハンク砲台である。

対一六インチ——四〇・六センチ弾装甲を纏う『マサチューセッツ』は問題ないが、巡洋艦以下の艦艇にとっては、無視できない相手だ。無防備の輸送船ならばなおさらだ。

「先に潰しておかねばならんようだな」

敵艦隊を主敵と考えていたギフェンだったが、その前に目障りな相手があったことになる。

「やるしかありませんな」

ホワイティングも即座に同意した。

言いたいことは明らかだ。

水上艦艇は陸上砲台と撃ちあってはならない――これは世界の海軍では常識とされていることである。けっして沈まない相手であって、絶対的に不利だからである。

しかし、ほかに手段はない。

一九四ミリ砲となれば、八インチ――二〇・三センチ砲搭載の重巡に匹敵する。

ここで、それを凌駕する艦となれば、『マサチユーセッツ』を置いてほかにない。

「目標、地上のエル・ハンク砲台。砲撃用意！」

ホワイティングは命じた。

『マサチユーセッツ』はカサブランカ沖で、ゆっくりと回頭する。

砲戦で的を小さくするための投影面積の縮小と集中防御区画の圧縮とで切りつめられた艦体が、左舷を陸地に向けていく。

前級ノースカロライナ級と比べて、艦体は七パーセントほど短いが、司令塔や射撃指揮所、煙突らを一体化させた大型の艦上構造物が載るのが、サウスダコタ級戦艦の特徴である。

前部二基、後部一基の一六インチ三連装主砲塔も、陸地に向けて旋回し、合計九門の主砲身が仰角を上げていく。

ただし、距離は二万メートル強と、けっして遠くはない。

三万四〇〇〇メートル弱の最大射程で撃つのとは違って、目一杯天を仰ぐわけではない。

主砲とは別に、五インチ両用砲塔は敵水上艦艇による不意の襲撃に備える。これも徹底した集中防御の関係で、中央に密集して配置されている。

改装の余地はほとんどない。それだけサウスダコタ級戦艦は設計コンセプトを突きつめて建造されているのである。

『マサチューセッツ』が測的を進めている間に、エル・ハンク砲台が連続して発砲する。

驚いたことに、その一発が重巡『ウィチタ』に命中した。

海上に橙色の光が走り、爆発音が轟く。致命傷ではないようだが、『ウィチタ』はうっすらとした白煙を曳きはじめる。

敵は港内に煙幕を張りはじめている。少なくともすぐに艦隊が抜錨して突撃してくるということはなさそうだ。

「巡洋艦以下は下がらせろ」

ギフェンは舌打ちした。

作戦全体が緩いから、こうなる。余計な被弾だ。

自覚はなかったが、結果的にこうなった以上は、自分にも油断がなかったとは言いきれない。

母国を失い、補給やメンテナンスにも事欠くはずのフランス海軍だが、けっして侮ってはならない。

士気は高く、戦意は旺盛なはずだ。

むしろ、これ以上、自分たちになにかを強要したり、危害を加えたりしようとするならば、それがどんな相手だろうと容赦はしない。力を行使して撃退する。

そんな気概が感じとれた。

「射撃準備完了しました」

「よし。始めよう」

敵対するならば、こちらも手加減はしない。厄介な敵は早めに叩きつぶすまでだ。と、ギフェンはわりきった。

ドイツを相手に、ともに戦ったイギリス軍と違って、アメリカ軍はフランス軍に対する友軍意識は低い。

フランス軍を攻撃するに、躊躇や戸惑いの気持ちは薄いということだ。

「かつて、どうだったか」は関係ない。目の前の敵は全力で排除するだけだ。と、ホワイティングは声を張りあげた。

「ファイア!」

『マサチューセッツ』のMk6四五口径一六インチ砲が、カサブランカ港沖に砲声を轟かせた。

今、この場にある砲では、敵味方合わせて最大の砲である。

重量一二二五キログラムの徹甲弾は、二四五キログラムの装薬の燃焼によって、初速七〇一メートル毎秒で陸地へ向かって飛翔する。

低い弾道を描いたそれは、狙いからやや外れて、土煙をあげていく。

エル・ハンク砲台も果敢に撃ちかえしてくる。

『ウィチタ』らがいったん下がったため、『マサチューセッツ』へ向けての発砲炎を閃かせる。

重巡クラスの砲弾が、『マサチューセッツ』の右に左に水柱を突きあげる。

「その程度のもので刃向かうとは愚かな」

ホワイティングは嘲笑した。

砲の大きさからすれば、大人と子供のようなものだ。門数もこちらが九門に対して、敵は半分以下の四門にすぎない。

「絶望的な状況でも戦わねばならない。それが悲しいフランス軍の現状ですかな」

互いに修正をかけて二射め、三射めを放つ。

だが、先に命中弾を得たのは敵だった。

被弾の瞬間、ホワイティングの表情が一変した。

明らかに格下と見下していた敵に遅れをとった。

ホワイティングの顔は怒気で紅潮し、引きつった両目がわなわなと震えた。

被弾したのは前甲板で、一瞬炎があがったが、すぐに治まり、破孔からかすかな白煙が曳かれているだけだ。

損害はさしたるものではない。

だが、格下の敵に先手をとられ、艦を傷つけられたこと自体が、ホワイティングは気に入らなかった。

一度深呼吸して気を落ちつかせて、戦況を見守る。

だが、次もその次も変わらなかった。

『マサチューセッツ』が命中弾を得られないのに対して、敵は確実に一発また一発と命中弾を与えてくる。

喫水線上部の舷側装甲や主砲塔が敵弾を跳ねかえすも、被弾したという事実は残る。

「これが陸上砲台と撃ちあってはならんということなのだろうな」

ギフェンが「落ちつこうか」と肩を揺らした。

そう、『マサチューセッツ』の砲撃も至近にはいっている。目標が水上艦であれば、砲塔を直撃せずとも、艦体になんらかの打撃を与えている可能性は十分にある。

海水の流入で沈没するまではいかなくとも、艦が傾斜するだけでも、砲撃に狂いが生じる。

陸上砲台にはそれがない。

すなわち、正真正銘の不沈砲台である。

(同等の砲だったら、たしかに不利だ。だが、慌てることはない)

ギフェンは状況を見失っていなかった。

たしかに、砲撃そのものは敵が優勢に見えるものの、重巡クラスの砲で撃たれたとしても気に病むことはない。

　対一六インチ弾装甲を備えた『マサチューセッツ』はよほどのことがない限り安泰だ。

　ギフェンが思ったとおり、エル・ハンク砲台の善戦も長くは続かなかった。

『マサチューセッツ』の砲撃が直撃した次の瞬間、真っ赤な火柱が宙に伸び、砲台は大爆発して崩壊した。

　炎と煙に混じって、多量の土砂が舞いあがり、コンクリートや金属の破片が大量にぶちまけられた。

　砲台は巧みに擬装され、周辺はベトンで塗りかためられていたはずだったが、海上の究極兵器ともいえる戦艦の主砲相手には無意味だった。

　小山ひとつを吹きとばした印象で、砲台は呆気なく消滅した。

　一基、また一基、エル・ハンク砲台四門の一九四ミリ砲が沈黙するのに、そう時間はかからなかった。

　対して、『マサチューセッツ』の被弾は六発を数えたが、いずれも損害は軽微だ。

（さて、どうする？）

　いったん散った艦隊を集めながら、ギフェンは総指揮官ヒューイット少将からの指示を待った。

　カサブランカ港内の煙幕は、ますます濃くなっている。

　上陸作戦を行うには、フランス艦隊を排除しておく必要があるが、さすがにこの状態での攻撃は難しい。

　やみくもに砲弾を送り込んでも、無題に港内を掘りかえすにすぎない。

「敵は持久するつもりでしょうか。あれでは敵も動けないでしょうから」

　ホワイティングが首をひねった。

「いったん沖合に下がって出直すというのが得策でしょう。風向きさえ変われば、煙幕も晴れるかもしれません」

「それが現実的な案だろうな」

　答えつつも、ギフェンも敵の意図が今ひとつ腑に落ちなかった。

　敵はいったいなにをしたいのか。なにをしようとしているのか。

　煙幕のなかに隠れたまま、しばらくすれば自分たちが諦めて退散するとでも思っているのか。

「敵にしてみれば、進むも地獄、退くも地獄。抜き差しならない事態となっての、苦しまぎれの策だったのかもしれません」

「ヒューイット少将から、停戦交渉を再開するとの連絡です」

（時間稼ぎか）

　ならば納得もいくかと、ギフェンは息を吐いた。戦っても勝てる見込みは乏しい。今ごろはオラン、アルジェでも上陸作戦が始まっていると、敵にも情報が入っていることだろう。

　ならば、ここで無理に抵抗して艦隊を失うよりも、交渉して温存できる策を考えるのがベターだと、敵も次善の策に方針を転換してもおかしくはない。

　敵も現実路線に妥協したと考えたギフェンだったが、フランス軍の考えは真逆だった。

　敵に命乞いをするつもりはない。メルセルケビルの例を見ても、たとえ交渉しようとも、約束事が守られるという保証はどこにもない。

　特にイギリス軍は信頼できない。

　陸上砲台を潰されたことからも、敵意はあからさまであって、艦隊まで無為に失うわけにはいかない。

　自分たちには、戦うしか道がない。

　強行突破あるのみ！

　フランス軍はそう考えていたのだった。

（発砲炎⁉）

　煙幕のなかで、稲妻のように複数の光が明滅したような気がした。

「敵艦隊が来るぞ。迎撃用意！」

　ギフェンの反応は早かった。

『マサチューセッツ』の手前――重巡『タスカルーザ』の横に、弾着の水柱が突きあがり、それを合図としたかのように、主砲を乱射しながらフランス艦艇が次々と現れた。

　黒煙を振りはらいながら、先頭を切って出てきたのが、軽巡洋艦『プリモゲ』だった。

『プリモゲ』はフランス海軍初の近代的軽巡デュゲイ・トルーアン級の三番艦である。

　高い乾舷の短船首楼型艦体と艦橋を組み込んだ簡素な三脚型の前檣と、そこから大きく離れた棒檣状の後檣、わずかに後傾斜した二本の煙突らが外観上の特徴である。

　軽防御、速力重視の設計で、武装は五〇口径一五・五センチ連装砲を前後に大きく離して二基ずつと、五五センチ三連装魚雷発射管四基を、基準排水量七二四九トンの艦体に積んでいる。

「発砲を許可する。各艦、迎撃開始」

　第三四任務部隊第一群はギフェンの命令で水上戦闘に入った。

　敵艦隊が出港してきたのは唐突だったが、あらかじめ水上戦闘も想定していたので動揺はない。

「目標、敵軽巡。射撃開始！」

「ファイア！」

ホワイティングの号令一下、応戦をはじめた『マサチューセッツ』をはじめとして、各艦が素早く砲雷戦態勢に入っていく。

『プリモゲ』に続いて、大型駆逐艦『ミラン』『アルバトロス』が、煙幕から飛びだすように突進してくる。

両艦とも一九二七年度計画で建造されたエーグル級の三、五番艦にあたる。前後に離れた二対の四本煙突が目を惹く。

陸地に近く水深の浅い場所では、座礁の危険性もあるため、普通は速力を抑えるものだが、まったくのおかまいなしだ。

左右に盛りあがる高い艦首波からすると、機関はほぼ全力で運転されているとみていい。

驚くほどのわりきりと度胸だ。

主砲は照準もそこそこに発砲優先で動かしているように見える。

フランスの駆逐艦は日米の駆逐艦と異なり、口径一三・八センチの砲と軽巡並みの火力を備える艦も多い。

中小艦艇にとっては、要注意である。

「舐めるな！」

『マサチューセッツ』の両用砲弾一発が『プリモゲ』を捉えた。

後檣をへし折られ、上半分を海中にさらわれながらも、『プリモゲ』はかまわず発砲炎を撒きちらしながら、斜めに横切っていく。

北に向いたカサブランカ港に対して、『マサチューセッツ』らは艦首を西に向けて蓋をする格好となっていたが、その後ろを突破しようというつもりのようだ。

まともに戦って撃沈を狙うのではなく、まずこの包囲網を脱出するのが先決という判断らしい。

賢明な選択と言える。

「調子に（のるなよ）」

「いや、待て」

深追いしようとするホワイティングに、ギフェンは注意を促した。

敵駆逐艦が次々と連なって、煙幕の外に出てくる。出港して沖を目指そうというのはもちろんだが、重大な問題を見落としてはならない。

それは……。

反攻雷撃戦に絶好の相対位置ということだ！

「雷撃来るぞ！　全艦、雷跡に厳重注意」

ギフェンは敵の雷撃を確信した。

雷撃は中小艦艇にとっては大型艦に対抗可能な唯一の手段である。

敵にしてみれば、それをやらない手はない。

「手すきの者は全員海面を監視せよ！」

ホワイティングは命じた。

これだけの数の艦艇が行きかい、弾着も相次ぐなかで、魚雷の航走音をソナーでひろうのは、まず不可能だ。

魚雷の接近を見極めるのは、人の目が頼りだ。と、なれば、数は多ければ多いほうがいい。

「小癪な」

魚雷を警戒しつつも、『マサチューセッツ』は両用砲でフランス艦を追いたてるが、的が小さいこともあって、なかなか命中弾が得られない。

敵は巧みに蛇行を織りまぜながら、被弾を回避して遁走していく。

マストに翻る三色旗が「やれるものなら、やってみろ」と小馬鹿にしているように見えた。

「突破していったやつはいい。九群や二群に任せろ。落ちついて、前から来るやつを狙え」

ここで頭に血を昇らせたら、ますます敵の思うつぼだと、ギフェンは冷静になるよう促した。

そこで、ようやく『マサチューセッツ』の両用砲が敵駆逐艦に命中した。

一瞬にして艦橋を潰された敵駆逐艦は、機能不全となって迷走していく。

また、『ウィチタ』か『タスカルーザ』の砲撃も敵駆逐艦を捉えた。

こちらは主砲塔か発射管を直撃したのか、大爆発を起こして、敵駆逐艦は四分五裂して果てる。

フランスの駆逐艦に多い角張った艦橋構造物と三本煙突が、跡形もなく消えさる。

だが、攻勢も長くは続かない。そこで、魚雷がやってきた。

「左舷後方より雷跡！」

「面舵一杯！」

ホワイティングは即座に命じた。交差する魚雷の針路から離れ、左舷を追いこさせようと狙いだった。

舵の利きは鈍いが、『マサチューセッツ』は余裕をもって魚雷を回避した。

しかし、回避運動によって艦が動き、さらに艦尾をカサブランカ港に向けることになったため、『マサチューセッツ』の火力は弱まり、そこを衝いてフランス艦が全速で脱出をはかっていく。

「ところでだ」

ギフェンが重大なことが残っていたと、口を開いた。

「ここには戦艦が一隻いるという話だったな」

「リシュリュー級の二番艦『ジャン・バール』と

聞いていました。未完成で艤装中ということでしたので、あの奥に放置されているのでしょう」

ホワイティングは、今なお港内に漂う黒煙の先に目を向けた。

「事前の情報では、行動不能で脅威の対象とはならないということでしたので」

「ならいいが」

ギフェンは嘆息した。

生きた戦艦がいたとしたら、大問題だ。

自分たちが戦力的に圧倒的優位に立っているのは間違いないだろうが、戦艦はこの『マサチューセッツ』一隻にすぎない。もちろん、そうした裏づけがあって、この艦隊編成もあるのだろうが。

「それに万一、その戦艦が動けるならば、とっくに出てきていることでしょう。沈黙しているのがなによりも動かぬ証拠ですよ」

ホワイティングの声には、今さら戦艦に出てこられたりしてはたまらないという思いが滲んでいた。冗談ではないと。

「仮に、敵が突貫工事や応急措置で浮き砲台として使えるようにしていたとしても、この状態では同士討ちが怖くて撃てんでしょう。煙幕がなくなり次第、一六インチ弾を叩き込んで処分してやりましょう」

気味の悪い話を聞いてしまったと、ホワイティングは眉間に皺を刻んだ。

がらくたは、がらくたのままでいい。

だが、事態はおよそ最悪に近い形で動いた。

米英軍に流れていた情報は不十分で誤っていた。

およそ信じがたい短期間で本国を失ったフランス軍は、防衛のためならばなりふりかまわず動いていた。

特にメルセルケビルの一件で、かつての盟邦にも裏切られたという思いのあるフランス海軍は、自分の身は自分で守るしかないのだと、ありとあらゆる手段を講じていたのだった。

不意の衝撃に襲われ、『マサチューセッツ』は大きくのけぞった。

艦上に炎が湧き、金属的叫喚が両耳から脳天へとねじ込まれる。

目の前に星屑がばら撒かれたかの錯覚を覚え、瞬間的に意識が飛ぶ。ギフェンは頭を激しく振って、強制的にそれを取りもどした。

「一番主砲塔被弾。火災発生」

「しょ、消火急げ」

なにが起こったのかと、ホワイティングは目をしばたたいた。すぐには事態を飲み込めなかった。

「砲撃です。港内からの砲撃です」

「What?」

信じがたいことに、『マサチューセッツ』の一番主砲塔は握りつぶされたかのように折れまがっていた。

前盾はくの字に食い込み、その衝撃で天蓋もくの字にへこんでいる。

三本の砲身のうち、中砲は根本を残してもぎとられ、左右の二本は変形した砲塔に合わせて、あらぬ方向を向いている。

状況からも、火力からも、考えられることはただひとつだったが、それを冷静に導きだす前に、その「元凶」が現れた。

「て、敵戦艦です。敵戦艦出現！」

見張り員の声は、完全に裏返っていた。

「ゴースト……」

ホワイティングはつぶやいた。

どす黒い煙幕の向こうから、ありえないものが出てきた。未完成で動ける状態になかったはずの戦艦『ジャン・バール』が、黒煙を衝いて姿を見せたのだった。

ホワイティングらにとっては、まさにありえないゴースト、つまり幽霊だった。

洋上のど真ん中であれば、レーダーがすぐに異変をキャッチできたかもしれない。

しかし、停泊する艦艇や障害物も多い港内においての、レーダーの機能は阻害され、反応と対処が遅れた。

『ジャン・バール』が二度めの発砲炎を閃かせた。

リシュリュー級戦艦は主砲塔を前部に集中させる攻撃的配置を敷いている。

正面に向けた四連装の全門が、紅蓮の炎を吐きだす。

もちろん、『ジャン・バール』はまだまだ未完成の状態だった。

主測距儀や方位盤こそ積んでいるものの、艦橋構造物はいかにも工事中というういびつなものだったし、一体化する予定の煙突もまだ分離して、剥きだしの状態ですらあった。

いつ何時でも体裁や見た目を重視するフランス人の感覚でも、ここは致し方ない。

使える主砲塔も最前部の一番主砲塔だけだったが、そこは四連装という多連装であることが幸いした。

連装主砲塔であれば二基分の、四門の三八センチ砲が「窮鼠猫を噛む」と、牙を剥いたのだった。

再び『マサチューセッツ』が激震する。

金属がこすれ合う音、ガラスが砕ける音、悲鳴と怒号――雑多な音が激しく混ざりあって艦内に交錯する。

基準排水量三万七九七〇トンの艦体が右に傾き、カサブランカ港沖の海水を大きく波立たせる。

ホワイティングは咄嗟に海図台にしがみつき、ギフェンは片膝をついて転倒を免れたが、何人かは足をすくわれて床に転がされた。

サウスダコタ級戦艦は全長を切りつめて、縦横比が小さくなったため、横方向への安定性が高かったが、細長く安定感のない艦だったら、そのまま転覆していたのではないかと思えるほどの衝撃だった。

「艦中央に被弾。火災発生！」

『ジャン・バール』の三八センチ弾は『マサチューセッツ』の大型艦上構造物を襲った。

後部マストと後檣周辺の両用砲や高射装置らが、握りつぶされるようにして失われた。

残骸の一部は三番主砲塔にぶちあたったが、幸い発砲に支障はなかった。

「全艦、敵戦艦に砲雷撃を集中せよ」

「目標、敵戦艦。準備出来次第、砲撃はじめ」

ギフェンに続いて、ホワイティングが命じる。

『ジャン・バール』は面舵を切って、先に脱出をはかった巡洋艦と駆逐艦の針路を追った。

驚いたことに、後甲板はがら空きだった。搭載する予定の副砲や高角砲らは届く見込みもなかったのかもしれない。

速力も出ていない。艦首と艦尾に盛りあがる白波はわずかだ。一二、三ノット出ているかどうかという様子だが、あれで精一杯なのだろう。とりあえずバラストだけ積んで、艦のバランスを整えたというところか。

そこに、第三四任務部隊第一群の攻撃が集中する。

命中の閃光が立てつづけに弾け、煙が湧き、大小の砲身が繰りかえし宙に舞う。

多勢に無勢はわかりきっていた。

『ジャン・バール』の攻勢も、長く続くはずもなかった。

真っ赤な炎が『ジャン・バール』の全体を呑み込むまで、さほど時間はかからなかった。

よろよろと速力は鈍り、艦の傾斜も進んでいると思われた。

ところが、驚くことに、もはや死に体と思った『ジャン・バール』は再度主砲を猛らせた。

「シャタップ（黙らせろ）！」

ホワイティングが叫び、『マサチューセッツ』が重量一二二五キログラムの一六インチ弾を叩き込む。

距離は一万メートルもなかった。

戦艦の砲戦としては至近距離であって、砲身は水平に倒された直射である。

『マサチューセッツ』としては、もはや外しようもなかった。

それから二度斉射したところで、『ジャン・バール』はようやく沈黙した。

艦体は手の施しようがないまでに燃えさかり、時折、弾薬かなにかの誘爆の火球が現れては消える。

焼けおちた艦上構造物らしき黒い物体がひとつ、またひとつと、海面を叩いていく。

フランス海軍に残された期待と希望の象徴であって、一七世紀に国家公認の海賊として名を挙げ、後に海軍高官となった男の名を戴いた『ジャン・バール』は死力を尽くして、ここに果てたのである。

「いらぬ手間をとらせて」

ホワイティングは舌打ちした。

「意地だけでは海戦には勝てん」
フランス軍の姿勢を疑問視するホワイティング
だったが、ギフェンの捉え方は違った。
「いや、なんら無意味なものではなかったろう。
結果的には何隻かは取りにがしたからな」
ギフェンは『ジャン・バール』の沈没は、けっ
して無駄ではなかったと解釈していた。
「最後の最後まで、あれは戦い、自らを盾として
味方の脱出を援護した。違うかな？」
「たしかに、そう捉えればそうですが」
それでも、戦艦一隻の犠牲に見合うものだった
かとなれば、納得のいかないホワイティングだっ
たが、それは口にしなかった。
正しい、正しくない、と上官と言いあらそって
まで白黒つけねばならないことではない。
軍人としての「常識」をホワイティングもわき
まえていた。
フランス艦隊を撃滅することはできなかったが、
それはそもそも作戦目的には入っていない。作戦
目的はあくまで、この地域への陸軍部隊の揚陸で
ある。
ネックとなっていたフランス艦隊を追いはらっ
たことで、作戦自体の成功は間違いない。
「理想的だったかどうかはともかく、アクシデン
トにもかかわらず、我々はよくやったよ」
自分の率いる第三四任務部隊第一群は任務を立
派に果たしたのだと、ギフェンは自画自賛した。
「ところでだ。本艦もよく耐えたな」
ギフェンは艦首方向を見おろした。
破壊された一番主砲塔が目に入るが、損害は砲
塔の損壊のみと、局所的にとどまった。
不意を衝かれて、戦艦の主砲弾をまともに浴び

たのだ。

下手をすれば、艦体を大きく抉られて、大破判定くらいの大ダメージを負っていたとしても不思議ではなかった。

しかし、この『マサチューセッツ』は耐えぬいた。

「本艦は一六インチ弾の被弾に耐えるよう設計された戦艦です。敵戦艦の砲はそもそも万全ではなかったかもしれませんが、仮に万全であったにしても、一五インチクラスと聞いていた砲にやられるわけにはまいりません」

「自艦の持つ砲と同等の砲撃に耐えること。それが戦艦の要件、ということだな」

「はっ。おっしゃるとおりです」

ホワイティングも胸を張った。

本艦は優秀な艦だ。造船設計に間違いはなく、それを実現するための建艦能力も、我が国は十分なものを持ちあわせている。材料や部品それぞれも純度よく精巧で、所定の性能以上のものを実戦で発揮できているといっても過言ではないように思える。

だが……。

ギフェンは首をひねった。

このサウスダコタ級戦艦ほどの艦でも、日本軍相手の太平洋戦線では苦戦を強いられていると聞く。

サモア沖で太平洋艦隊司令長官ハズバンド・キンメル大将が座乗したサウスダコタ級戦艦の一番艦『サウスダコタ』が日本艦隊との撃ちあいに敗れて沈められたとの知らせは、アメリカ海軍全体を震撼させたものだった。

日本海軍の戦艦はそれほどまでに強力なものだったというのか。

フランス戦艦の砲撃を近距離で耐えるほどの戦

艦をも沈める艦となると、どれほどのものだというのか。

トーチ作戦の成功で、北アフリカ戦線は連合国の勝利へといっきに終結に傾く可能性が高い。

イタリア海軍の活動は極めて不活発で、地中海の戦いも、もうさほど戦力を必要としないかもしれない。

そうなると、自分たちもいよいよ激戦が伝えられる太平洋戦線へ振りむけられることになるだろう。

そのとき、自分たちはなにを見せられるのか。

ギフェンはまだ見ぬ日本軍に警戒を強めた。

『サウスダコタ』や『ワシントン』を葬った日本軍の強力な戦艦が待ちうけているのだと思うと、ぞくぞくとした緊張感が高まるのを禁じえないギフェンだった。

一九四四年三月一三日　クルスク

まるで戦車の墓場のようだ。

なんら先入観のない者でも、自然にそう感じる光景だった。

破壊された独ソ両軍の戦車が無数に転がっている。

両軍合わせて実に六〇〇〇両あまりという途方もない数の戦車が激突した、史上最大の戦車戦が行われた成れの果てだった。

東部戦線は大きな転換期に入っていた。

ソビエト連邦への宣戦布告直後、ドイツ軍は準備もままならず、指揮統制も拙劣なソ連軍を圧倒して、半年後には首都モスクワ近郊まで迫った。

ドイツ第三帝国総統アドルフ・ヒトラーは、対ソ戦は早期決着できると考えており、軍司令部も好調な戦況に、その実現に自信を深めていた。

しかし、わずか一ケ月で降伏したフランスと違って、ソ連の人的物的資源は豊富で、国土も比べものにならないくらいに広大だった。

ソ連軍は後退しながらも、徐々に戦力を拡充し、焦土戦略によってドイツ軍の物資現地調達を阻みながら反撃の機会を窺った。

初期の敗北によって、無能な軍幹部が一掃され、組織も改編されて、強固な軍に生まれかわることができたのも、結果的にはソ連軍に有利に働いた。

その流れがいっきに顕在化したのがスターリングラード、後にサンクトペテルブルクと呼ばれる要衝をめぐる攻防だった。

開けた戦線では、戦力的な優劣がそのまま勝敗を決することが多いものの、狭い市街戦はそうはいかない。

ドイツ軍は戦力投射が思うままにいかない市街戦に引き込まれ、包囲されて大敗を喫した。

八〇万人を超える死傷者と将官二四人を含む一〇万人近い捕虜を出すという結果は、ドイツ軍にとっては衝撃的かつ屈辱的な敗北であって、逆に敗戦続きだったソ連軍にとっては、勇気をもたらす勝利だった。

首都モスクワをいっきょに陥落させられなかった時点で、ドイツ軍の東部戦線勝利の芽は潰えていたのかもしれない。

ソ連優位へと東部戦線が雪崩をうって崩れるのを阻止するため、ドイツ軍はブラウ作戦を決行して夏季攻勢を試みたが、一度勢いのついたソ連軍を押しもどすことはできずに、作戦は不満足な形で終わった。

もはや、ドイツ軍に全戦線で攻勢をかけるだけの余力はなく、戦力を集中して戦術的な攻勢でソ連軍の勢いを削ぐというのが、現実的な選択だった。

そこで計画されたのが、モスクワと黒海の中間地点にあたるクルスク突出部への南北からの挟撃──作戦名「ツィタデレ（城塞）」だった。

しかし、このころになるとソ連の諜報活動やドイツ占領地でのパルチザンの活動が活発化しており、ドイツ軍の作戦計画はソ連軍に筒抜けとなっていた。

ソ連軍はクルスク方面に大規模な塹壕、地下壕、鉄条網、地雷地帯など、強固な防衛陣地を構築して、ドイツ軍を待ちうけていた。

数的には若干劣勢ながらも、戦闘車両の性能ではドイツ軍がソ連軍を凌駕しており、普通に戦えばドイツ軍の勝利は揺るぎないはずだった。

だが、用意周到なソ連軍の迎撃準備がそれを覆した。

さらに、ドイツ軍が頼みの綱としていた新型戦車──V号戦車パンターに初期不良が続発して、稼働率が落ち込んだことが、攻勢頓挫に拍車をかけた。

クルスク突出部のソ連軍を撃滅して、東部戦線の立てなおしをはかろうというドイツ軍の目論見は不発に終わり、想定以上の損害が山積していくだけだった。

そこに、さらに決定的な報告が追いうちをかけた。イタリア半島西南のシチリア島に、米英軍が上陸したという凶報だった。

劣勢だった盟邦イタリアがいよいよ危うい。地中海戦線の敗勢は明白だったが、イタリア本国が陥落してはおしまいだ。

イタリアそのものが脱落してしまうと、同盟全体、世界戦線そのものが崩壊しかねないと危惧したヒトラーの判断によって、「ツィタデレ」作戦は中止されたのだった。

劣勢に転じていた東部戦線の戦況を好転させるべく無理を重ねたドイツ軍の作戦は徒労に終わり、以後ドイツ軍は東部戦線で主導権を奪いかえせないまま、ずるずると後退を重ねていくのだった。

一九四四年四月一三日　東京・霞ケ関

衝撃的な知らせのはずだったが、海軍大臣山本五十六大将の表情は淡々としたものだった。

外務省や陸軍省、そして海軍省の大部分も、蜂の巣をつついたような騒ぎとなっていたが、海軍大臣室に流れる空気だけは、いたって平然としたものだった。

「遅かれ早かれ、こうなることはわかっていたことです。慌てるだけ損というものですよ」

「たしかに、それはそうだがな」

面会に来た軍令部総長永野修身大将は、苦笑のなかにかすかな落胆を覗かせた。

「なにも、ここまであっさりと」というのが、心の片隅にある永野だった。

ついに、というよりも唐突にという表現のほうが正しかったろう。

米英連合軍の侵攻に晒されたイタリアには、すぐさまドイツ軍の支援が入ったが、正直どこまで持ちこたえられるかというのが、日本軍の見方だった。

イタリア軍は全般的に開戦前の準備が乏しく、作戦行動も稚拙で、イギリス軍の地方軍のひとつにすぎない中東方面軍をついに打ち負かせずに終わった。

海軍の見方はさらに酷かった。

イタリア海軍はワシントン海軍軍縮条約明けに建造した新型戦艦三隻をはじめとして、陸空軍に比べれば、まだ充実した戦力を擁しており、地中海水域に限ればイギリス海軍を圧倒できるまでの力があるはずだった。

しかしながら、イタリア海軍の活動は極めて消極的かつ不活発なもので、本国から離れたエジプトやスエズ運河を死守しようと必死なイギリス海軍相手に、常に後手を踏んで守勢にまわったままだった。

地中海東部の制海権奪取が叶わなかったことが、北アフリカ戦線敗北に直結したことは疑いようがなかった。

「あの戦いぶりでは」と、山本が呆れるのも無理がないことであって、将兵の士気と戦意に日本海軍全体から疑問と不安の声があったのもたしかだった。

「だが、それにしても酷すぎる」というのが、永野の正直な気持ちだった。

英米連合軍のシチリア島上陸から、わずか一ヶ月にしてイタリアは降伏した。

これまで、イタリアに独裁政権を築いていたドゥーチェ（統領）ことベニート・ムッソリーニが逮捕されるという政変が勃発して、イタリアは戦わずしてあっさりと白旗を掲げたのである。

日独伊三国同盟の一角が、ここで脆くも崩れたのだった。

「それにしても、大臣は凄いな」

「『凄い』と、おっしゃられますと？」

「『イタリアが脱落した。三国同盟が崩壊した。

欧州戦線が危ない』などと、これだけ周りが騒いでいるのに、動じる気配もない。頼もしいな」

「過度な期待を抱いていなかっただけ、かもしれません」

微笑する永野に、山本は答えた。

「もっとも、『敵に優位に立つには、感情を表に出すな。勝負は腹の探りあいから始まっている。勝負に勝つには、まず気持ちで勝つこと。そのためには相手に考えさせ、迷わせることも必要だ』と、いうのは総長に学んだことですから」

山本は永野を立てた。

永野は海兵で四期上、海軍大臣も先任であって、なおかつ連合艦隊司令長官、軍令部総長の海軍三顕職すべてを経験した初の海軍軍人である。

現在、格的には同等でも、山本は敬意を表すことを忘れてはいなかった。

「そうだったかな」

永野は笑みを挟んで、表情を引きしめた。

「どうする。あれは進めているのだろう？」

「もちろんです。こうなることは以前から予測できていたことです。ドイツの敗勢も見えてきています。このまま無策でいて、ドイツと共倒れというのはご免です」

山本はひそかに米英との講和の可能性を探りはじめていた。スイスとスウェーデンという中立国で公式、非公式に米英の外交、情報の「代理人」と接触して、互いの譲歩できる線や条件を探るのだ。

「まだ交渉というレベルには至っておりませんが、向こうも無条件降伏以外にないと、交渉の席に着こうとしないわけではありません。糸口は掴めていると考えております」

山本は手応えを口にした。

「さすがに、我々も敵に出血を強いたからな。敵も強気一辺倒では来られんのだろうな。それは朗報だ。ただな」

そこで、永野は視線を斜めに落とした。

「信義にもとるというかな。同盟を組んでおきながら、陰で動くというのもな」

「総長！」

山本は語気を強めた。

「国の一大事なのですよ。信義だなどと言っている場合ではありません。それに、元はと言えば三国同盟そのものに我々は反対していたのです。その原点に立ちかえったと思えば、それまでです」

「まあな」

山本に気おされて、永野は笑った。

もちろん、永野も和平交渉に反対しているわけではない。むしろ、山本とともに積極的に推進している同志だ。

政治家としての側面で、正式な手続きや手順を踏まない秘密交渉に、多少のひっかかりを覚える永野だったのである。

「しょせん、外交は馬鹿しあいです。敵を出しぬくには、まず味方から。それにです」

山本は神妙な面持ちで一拍置いた。

「満州国が正式に申しいれてきました。ドイツと手を切れと」

「そうだろうな」

予想されたことだと、永野はうなずいた。

満州国は日本、中国、ロシア、ユダヤから成る多民族国家である。新たな土地で事業を起こして成功を目論む者や土着の者もいる一方で、元々住んでいた土地を追われて、半ば逃げ込むように流れついた者も少なくない。

そこで、現在最大の問題となっているのが、ユダヤ人だ。

ユダヤ人は歴史的に流浪の民となって、自民族の国を持たずに世界各地で暮らしていたが、ナチス・ドイツの増勢がそれを許さなくなった。

ドイツの最高指導者である総統アドルフ・ヒトラーは狂信的な人種差別主義者であって、特にユダヤ人を忌むべき存在として強制収容のうえ、虐殺していると伝えられているのである。

当然、満州国としては看過できるものではなく、積極的に受けいれを進めているが、ドイツ占領地の欧州ではすでに脱出はおろか移動もままならなくなっているという。

そこで、満州国は日本に外交交渉を強めてきたということだ。

満州国は軍事的には無力な国だが、非公式の情報網は強力で、敵味方問わずに国を動かす影響力もある。

日本とはそういう持ちつ持たれつの関係なのである。

その満州国が、いよいよ同盟解消を求めてきた。当然の流れだった。

「ドイツと手を切れば、米英への働きかけも本物になると、満州政府は言ってきております」

「それも非公式に、か。できるだろうな。あちらならば」

満州政府の言うことは、はったりではないと、永野も認めていた。

公式の外交交渉ではない。

米英からは、満州国は日本と一蓮托生の国であると見られている潜在的な敵国であって、講和の仲介役とはなりえない。

しかし、満州国、正確には満州国に流入した者たちが持つ世界的なネットワークは、米英の中枢にすらつうじており、影響力を有しているというのは嘘ではない。

敵の内部から突きあげることが、満州国には可能なのだ。

「そろそろというより、もうはっきりと我が国も決断すべきときが来ています」

山本の腹は決まっていた。

ドイツとの同盟解消、それを大々的に公表して、日本の姿勢というものを満州にも米英にもアピールするのである。

満州国と対立することは、外務省は望まない。大蔵省は諸手を挙げて賛成するはずだ。陸軍は難色を示すかもしれないが、対ソ連を意識すると、大陸の足がかりを失うわけにはいかず、反対はできない。

ただし、有利な条件で講和を結ぶには、決定的な勝利が必要となるだろう。

敵、特にアメリカからすれば、戦争が長引けば長引くほど有利になると考えているだろう。

それは、たしかに間違いではない。

そこをひっくり返して終戦とするには、「ここまでだ」と音を上げさせるだけの勝利が不可欠だ。

外交と軍事、両面で攻勢をかけていこうと、山本は考えていた。

自分は海軍の潮流というものを読みちがえて、航空主兵という夢想を追いかけてしまった。

結果的に海軍軍人として、ここまで戦略、戦術ともにほとんど貢献できていない。その穴埋めとして、政治の側面できっちりと役割を果たしてみせようではないか、それが自分に課せられた海軍軍人として最後で最大の任務なのだと、山本は考えていた。

一九四四年五月一二日　呉

「ついにここまで来た」

日本海軍少将中澤佑は感無量だった。

夢、期待、そんなありふれた言葉では言いあらわせない気持ちだった。

運命に導かれて辿りついた。常識を超えてのこと。そんな気持ちだった。

「また一緒に仕事ができて光栄です」

笑みで迎えてくれたのは、戦艦『大和』艦長松田千秋大佐だった。

二人は『大和』の基本構想策定に中心的役割を果たして、『大和』を現実のものとすべく奔走した仲である。

簡単な道のりではなかった。おおいなる挑戦だった。

なにせ、いかなる敵が出てきても退ける不沈艦、米英が建造してくるであろう同世代の新型戦艦をも敵にまわして、勝つことはもちろん、圧倒して勝つこと、という達成困難な目標だったのだから。

当然、そのために兵装や艦型はいっきに数段も高い未知のものにする必要があった。

主砲は世界最大最強の四六センチ砲を三連装三基九門積み込み、それに見合った重厚な装甲を主要部に張りめぐらせた。

速力こそ初期の計画から落としたとはいえ、日本戦艦としては最速の二七ノットを発揮してみせ、水上機も従来戦艦の倍となる六機を搭載する。

これらを兼ねそなえつつ、砲戦や運用を有利にするため、なるべく小さくまとめたのが、実は『大和』のもっとも凄いことなのだが、それでも全長二六三メートル、全幅三八・九メートル、基準排水量六万四〇〇〇トンの艦体は、それまで最大だった『長門』よりも、ふたまわりもみまわりも大きい堂々としたものだった。

机上の空論ならば、誰でもできる。

大風呂敷を広げて、あれもこれもと実現性を度外視して、過大な要求を造船側に突きつけるだけのことならば簡単だ。

かといって、建造や設計の者たちの主張に妥協を繰りかえして、凡作を造っても役に立たない。

二人が果たしたのは、将来的な技術革新を見とおしたうえで、現実と理想の限界点を突きつめたことだった。

途中、友鶴事件、第四艦隊事件の余波を受けて、あらぬ方向へと漂流しかけたこともあったが、不屈の思いでそれも乗りこえた。

建造が可能であること、運用が容易であること、攻走守の性能、それらを高次元で兼ねそなえた艦として、二人は『大和』を実現に導いたのである。

一番艦『大和』は二年半前に竣工して、期待を裏切らない活躍を見せ、『武蔵』『信濃』『紀伊』と計画した四隻すべてが前線に送り込まれている。

大和型戦艦の建造に関わったすべての者が、その一挙手一投足に注目し、挙げた戦果は我が事のように喜んできた。

松田は『大和』の艦長に就任して、セイロン沖で見事にイギリス東洋艦隊を撃滅してきたが、それに続いて中澤も連合艦隊司令部参謀長として、ついに『大和』に乗りくむことになったのである。

「『大和』乗りくみに関しては、艦長が先任だ。

よろしく頼む」

「よろしくというのは、先輩風も吹かせずに、ということですか？」

「あたり前だ！」

二人は顔を見合わせて、呵々と笑った。充実した表情だった。

これ以上の働き場所があろうかと、意欲が沸々とこみあげ、期待が胸を高鳴らせる。

『大和』は男の魂を揺さぶる艦だった。力強く、美しく、見る者を圧倒する存在感に満ちた艦だった。

惜しむべくは、戦時中のため極秘裏に建造され、海軍内でさえも、その存在を声高には口にできないことだった。

世が世なら、大々的に披露されて支持を集め、『長門』『陸奥』以上に国民に愛されたことだろう。

その意味では悲運な艦だが、それも戦争を終わらせれば済むことだ。

もっとも、それが容易ならば苦労はしない。

いばらの道を示唆する情報が入っていた。

「次の戦いは難しくなるかもしれんぞ」

「モンタナ級、ですか」

「ああ」

中澤は難しい顔をして両手を腰にあて、松田は眉間を寄せて低くうなった。

難敵の登場だった。

モンタナ級というのは、アメリカ海軍が建造中と伝えられていた最新にして最大最強の戦艦だった。

なんといっても特筆すべきは、これまでアメリカ海軍では必須とされていたパナマ運河の通航という条件を捨てさって、三四メートルという最大幅の制限をなくしたことだった。

それによって、発砲時の艦の安定性を増し、より強力な砲の搭載が可能になるというわけだ。

極秘裏に入手した情報によると、主砲口径こそ一六インチのままだが、これまでの戦艦が三連装砲塔を三基積んでいたのに対して、それを四基として重武装化をはかったらしい。

主砲口径は『大和』が四六センチ——一八インチと優位にあるのは変わらないが、門数では九対一二と劣勢が明白である。

これまでどおりに砲戦で圧倒できると軽く考えていると、思わぬしっぺ返しを食らいかねない。

そのモンタナ級がいよいよ前線に出てくるという。

不用意に戦うのは危険だと、中澤も松田も警戒感を高めていた。

もっとも、戦力強化をはかっているのは敵だけではない。日本軍も現状に満足することなく、可能な限り戦力の補充と拡充を進めている。

『大和』もまだ完成形としての例外ではなく、改装によって強化している。

「ご無沙汰しております。少将」

中澤が振りかえった先では、いかにも学者風という男が敬礼していた。

丸縁の眼鏡と、その奥に光る好奇心と探求心に満ちた目、きれいに揃えられた口上の髭、左右の剃った頭髪——海軍技術研究所の所属で満州総産との共同開発でも実績をあげる日本の電波兵器開発の第一人者伊藤庸二《いとうようじ》中佐だった。

「連合艦隊司令部の参謀長として戻られたそうで。これは心強い方が加わってくれたものですな」

「それは、かいかぶりというものだ」

笑顔で差しだした中澤の手を、伊藤は両手でがっちりと握った。

中澤の目配せに応じて、松田が右掌をそこにのせる。

『大和』を育てた男が結集したのだ。これで、強くならないはずがない。

「伊藤中佐が来ているということは……あれか」

中澤は『大和』を見あげた。

『大和』は生誕の地である呉工廠第四船渠に入渠して、短期間の整備と改修を受けていた。

そのひとつが、電波探信儀の換装だった。

艦橋最上部の主測距儀上に設置された対空監視用の二一号電探はそのままだが、艦橋脇に付いていたラッパ型の二二号電探が撤去され、新たに湾曲した板のようなものが見える。

「水上射撃用に開発した三〇号電探です。二二号など役に立たん。早く代わりのものを持ってこいと、艦長にはお叱りを受けておりましたので」

「中佐。それは人聞きの悪い。自分はだ。戦訓を正確に伝えたまでのこと。距離はいいが、方位精度は実戦に耐えうるものではない、とな」

「ありがたいことです」

伊藤はうやうやしく、うなずいた。

嫌味ではない。互いに信頼しあっているからこその反応だった。

「自分たち技術屋がいくら机上で計算や実験を行っても、実戦の結果に優る評価はありません。使う環境の影響や、兵の使い勝手という問題もありますから。それは自分たちでは想像しがたい部分です」

「で？　自信作なのでしょうな」

中澤がいたずらな笑みを見せた。

「もちろんです。多少お待たせしてしまいましたが、良くなったと実感していただけるほどのものには仕上げてございます」

伊藤はあえて控えめな言葉を使ったが、内心自信はあった。

ソロモンでもサモアでも、伊藤が提供した電波兵器は、確たる実績を残してきた。

敵も同様の装備を持っているはずだが、性能的に優位であろうと推測される結果が出ている。

満州総産の協力も大きかった。日本単独では、あと五年は余計にかかったかもしれない。満州総産で働く欧州出身のユダヤ人技術者が、先進的な技術情報を提供してくれたばかりでなく、材料の手配や入手ルートの構築にも力を発揮してくれた成果だ。

それによって、伊藤が考えていた電波兵器の開発は促進され、現実のものとなって世に出てきた。

「あれはもう探信儀という言葉がもったいない、照準儀と呼べるだけのものです。方位精度が甘いという声は、ある程度理論的にも思いあたるふしがございまして」

「ほう」

中澤がその先を聞きたいというような目を向けた。

「電探とはひと言で言えば、電波を発して目標にあたって返ってくるそれを読みとる機器となります。その電波の波長が小さければ、それだけ測定の精度も高くなる。それはわかっていたのですが、そのマイクロ波を安定的かつ連続的に発信するところに課題がございまして」

「それが解決できたと」

「はっ」

伊藤は自信に満ちた笑みを松田に見せた。

「課題の方位精度の安定は、距離の計測精度のさらなる向上ももたらします。

三〇号電探が試験結果どおりの性能を示せば、

光学照準との併用は不要となり、それこそ完全な電探射撃が実現します。

電探と射撃盤との連動も、これまでは人が介在する部分もありましたが、そうしたところも解消できました。

本当の意味で、昼間射撃に劣らぬ夜間射撃ができることでしょう。昼だ夜だと時間を選ぶ必要は、もはやなくなるのです」

「作戦の幅も広がるということか。良いことだ」

中澤もまた、戦略家の側面を見せて微笑した。

手強い敵が向かってくるだろうが、自分たちはそこで挫けるわけにはいかない。『大和』を信じ、『大和』と戦う。

その先には勝利あるのみ。

三人は必勝を誓いあった。

第四章　ソロモン鳴動

一九四四年六月一日　ソロモン海

アメリカ海軍大佐フランクリン・ヴァルケンバーグにとっては、因縁の海域だった。

勝ったときもあったが、負けたときのインパクトが強烈すぎたがゆえに、いまだにソロモンという名への嫌悪感が払拭できていない。

心情的に、この海には二度と来たくなかったものだが、作戦上の要請がそれを許さなかった。

それだけ、ソロモン海とソロモン諸島という領域は、日米にとって欠かすことのできない戦略上の要衝だったのである。

（また来るのだろうな。あいつが）

一年十カ月前、ヴァルケンバーグは敵新鋭戦艦の力を、ここでまざまざと見せつけられた。

中部太平洋を島伝いに東進してくる日本軍に対して、それを阻止しようとするアメリカ軍が、ガダルカナル島近海でぶつかった海戦だった。

ヴァルケンバーグはワシントン海軍軍縮条約明けに建造された新型戦艦『ノースカロライナ』の艦長として、僚艦『ワシントン』と二対一という数的有利で戦ったにも関わらず、『ワシントン』を撃沈され、艦隊指揮官アイザック・キッド少将をはじめ、多くの将兵がソロモン海の水底に沈んでいった。

アメリカ海軍では、それをソロモンの惨劇と呼んで、忘れてはならない戦訓とするとともに、敵愾心を煽る材料としたのだった。

　敵新鋭戦艦との戦いは、ヴァルケンバーグにとってはサモア沖で再戦の機会もあった。

　このときは、さらに酷かった。

　今度は太平洋艦隊司令長官ハズバンド・キンメル大将が乗艦『サウスダコタ』とともに帰らぬ人となり、『ノースカロライナ』もパールハーバーに帰還するのがやっとというほどまで傷めつけられた。

　ヴァルケンバーグ自身も前線を退いて、しばらく治療と療養にあたらねばならないほどの重傷を負った。

　敵新鋭戦艦『ヤマト』は、とてつもなく強い。

　アメリカ海軍の将兵に恐怖心を植えつけ、けっして戦場で会いたくない存在として、畏怖の象徴とさえなった『ヤマト』だが、ヴァルケンバーグはそれをなんとか沈めねばならない立場にあった。

　けっして沈まない不沈艦とさえ思える相手だ。ふつうに立ちむかえば、一蹴されて終わる。

　なにせ、アメリカ海軍が自信を持って戦場に送りだしたつもりだった新型戦艦『ワシントン』と『サウスダコタ』が、歯が立たずに一方的に撃沈されているのである。

　しかしながら、ヴァルケンバーグが今度指揮を執る戦艦は少し違った。

　これまでのアメリカ戦艦の常識や条件を払いのけ、それこそなりふり構わず建造したかのような強力な戦艦だった。

　基準排水量六万五〇〇〇トンの艦体は堂々たるものだが、全幅三六・九メートルと従来のアメリカ戦艦よりも大幅に拡幅したことで、砲撃時の安定性を増して、より強力な砲を積むことが可能となった。

積まれた主砲は一六インチ三連装砲四基計一二門、しかも五〇口径と砲身長を長くして初速と威力を高めた新式の砲である。

この新鋭戦艦『モンタナ』の艦長に、ヴァルケンバーグは推挙された。

はじめ、この話を打診されたとき、ヴァルケンバーグは断った。

開戦して二年半という短期間に『アリゾナ』から『ノースカロライナ』、そして『モンタナ』へと三隻もの戦艦を乗りつぐなど異例の事であるし、ソロモンでもサモアでも敗者となった自分が、期待の新型戦艦の艦長になるなどおこがましい。

自分はそんな器でもないし、能力もない。

もっと適任となる男がいるはずだと、ヴァルケンバーグは辞退したのである。

しかし、だからといって、海軍人事を司る航海局や現場の太平洋艦隊司令部が「はい。そうですか」と引きさがるはずもない。それらはそれらで、経歴や実績、人物評価等々を勘案して、ヴァルケンバーグに白羽の矢を立てたのだから。

そして、感情論でも太平洋艦隊司令部の狙いは強固だった。

対日戦は想定以上に苦しい戦いを強いられてきた。太平洋艦隊としても、甚大な物的、人的損失を出してきた。

その沈滞ムードを払拭して、日本艦隊から勝利を得るには、生半可な覚悟ではとても無理だ。これまでの苦しい戦いを知っていて、人一倍勝利に飢えた者でなければ。

ヴァルケンバーグはハズバンド・キンメル大将

の後任として太平洋艦隊司令長官に就いたウィリアム・パイ大将に呼びだされ、直々に説得された。

「貴官の経験が捨てがたいのだ。負けることが良いとは言わぬが、それを次の戦いに生かす。負けを認めて、それを繰りかえさないように準備する。それが、勝利に向けて、もっとも必要かつ効果的なことであると、貴官ならば理解できるはずだ。貴官にはそれが望まれているのだよ」

ヴァルケンバーグはこのように諭されて、『モンタナ』艦長就任を受諾した。

パイ提督は業務命令とひと言言えば済むところを、自分が必要な人材だと丁寧に説明してくれた。敗者である自分に、復活のチャンスを与えてくれた。

その恩に報いねば男ではないと、ヴァルケンバーグは奮いたったのだ。

技術屋たちが言うように、『モンタナ』ならば『ヤマト』に十分対抗できると、ヴァルケンバーグは楽観視してはいない。

それだけ『ヤマト』は強い。

しかし、だからといって、諦めるつもりはない。

これまで散々辛酸を舐めさせられてきた『ヤマト』に目にもの見せてくれると、ヴァルケンバーグは『ヤマト』打倒に執念を燃やしていたのだった。


時刻は現地時間で午前一時をまわったあたりだった。

暗い海上に、うっすらとガダルカナル島の稜線が見える。

敵の警備艦隊は、すでに前衛の巡洋艦戦隊が始末している。

『モンタナ』ら戦艦に望まれている役割は、ガダルカナル島内の敵飛行場と陸上施設の破壊である。

また、ガダルカナル島以外にもブーゲンビル島やツラギ島にも別動隊が向かっており、ソロモン一帯の敵根拠地を一掃する予定だった。

「ファイア！」

『モンタナ』は竣工以来初の実目標への射撃を開始した。

五〇口径の長砲身が轟と炎を吐きだし、爆風と衝撃が艦上を駆けぬける。

だが、パナマ運河の許容範囲を超えて拡幅された艦体は反動を難なく受けとめ、『ノースカロライナ』らに比べて、艦の動揺は明らかに少なかった。

（英霊たちの囁きが聞こえる。立ちあがれ、そして戦え、という声が聞こえる）

ヴァルケンバーグは自分の背中を押す見えざる力を感じた。

炎に焼かれ、煙に巻かれて沈んでいく僚艦たち。海面に浮かぶ遺体の数々——過去の悲惨な光景が一瞬蘇ったが、それを忘れたり、振りはらったりするのではなく、ヴァルケンバーグはしっかりと受けとめて心の奥底に刻んだ。

（心配いらん。貴官らの無念はきっと晴らしてくれようぞ。志半ばで散っていった同志たちの思い、このヴァルケンバーグが、しかと引きついだ！）

ヴァルケンバーグははっと顔を上げ、両目を見開いた。

「ソロモンよ。私は帰ってきた。さあ来い！『ヤマト』」

一度ならず二度も敗れた相手であるが、三度めの正直とばかりに、ヴァルケンバーグはリベンジ・マッチに臨むつもりだった。

カロリン諸島に待機しているという敵艦隊は必ず出てくる。

決戦の日は近い。

ヴァルケンバーグは青白い闘志の炎を内面に揺らめかせた。

一九四四年六月七日　ソロモン海

連合艦隊主力が決戦を求めてソロモン海域へと到達したのは、六月七日の夕刻近くだった。

トラック環礁からソロモン諸島までは、直線距離にしてざっと一〇〇〇海里。巡航速度で丸三日ほどの航程となる。

順調に航海すれば、あと半日は早く到達できたところ、あえて遅らせたのは、昼戦ではなく夜戦を選択したためである。

日本海軍は伝統的に夜戦を得意にしている。

古く日清戦争のころからは驚異的なまでの暗視能力を持った練達の見張り員に支えられて、そして電波探信儀が発達した今は満州総産の技術協力によって生みだされた高性能の電探によって、日本海軍の夜戦能力は高いレベルを維持している。

相手があることから、思いどおりにいくとは限らないが、どちらを選ぶかとなれば、対等な条件となる昼戦よりも、より優位に立てる夜戦でいこうとするのは当然の選択だった。

もっとも、懸念材料がないわけではない。

その最大のものが思惑どおりに会敵できるのか？という疑問だった。

敵がソロモン諸島に現れてから、すでに五日が経過している。

上陸作戦までいっきに見込んでいればともかく、我がほうの守備隊の撃滅や基地機能の喪失を狙った攻撃だけが敵の目的だったら、とっくに敵が引き上げた後になる可能性もあるのではないか。総力を挙げて一〇〇〇海里を走破したあげくに、肩透かしを食らったということにでもなれば、物資浪費も馬鹿にならない。

　今のところ、蘭印、ボルネオなど、南方油田地帯からの原油の輸送、精製は順調にいっているため、ただちに燃料が枯渇するという問題とはならないが、補助艦艇やタンカーなどを含めて、総勢一〇〇隻近い大艦隊を動かすには、莫大な燃料が必要となる。

　日本海軍は慢性的に燃料――重油の逼迫という不安を抱えながら行動しているのである。

　しかし、これは杞憂にすぎなかったらしい。

　索敵に向かった水上機は、敵艦隊が今なおソロモン海域で行動中という事実を掴んで報告してきた。

　敵は確実にいる。

　自分たちがそこに飛び込めば、「決戦」が生起するのは明々白々である。

「どうやら、敵は我々が出てくるのを待っていたようですな」

　連合艦隊司令部作戦参謀長井純隆中佐が警戒心をあらわにした。

「敵の狙いはガ島やソロモンの制海権ではなく、我々だったのかもしれません。あるいはその両方か」

「敵が雌雄を決したいというのならば、望むところだ」

　参謀長中澤佑少将が決然と言いはなった。

「敵艦隊を野放しにしておけば、こんなことが幾度も繰りかえされるだけだ。敵艦隊撃滅以外に、戦線の安定はありえん。

　逆に言えば、我々もこれを好機ととらえて臨めばいい」

中澤が言うように、連合艦隊司令部は敵艦隊との決戦は避けてとおれないものとみていた。敵が健在であるうちは、枕を高くして寝ることなどできるはずがない。いつなんどき、敵が襲来したという緊急信が飛び込んできてもおかしくないのだから。

もっとも、それは敵にとっても同じことだったろう。放っておけば、日本海軍は太平洋を東へ東へと進んでくる。東南アジアや中部太平洋なども、さらに強固に守りを固められることも必至だ。

南太平洋やインド洋さえも日本軍が支配することになれば、それこそ悪夢だ。

日米開戦から二年半、そろそろ自分たちも敵も白黒つけたい。そんな時期にさしかかってきたと、中澤は見ていた。


「敵も……」

そこで、連合艦隊司令長官古賀峯一大将が低くうなった。

「敵もよく食らいついてくるものだな。沈めても沈めても、敵は次々と新たな戦艦を造っては戦場に送ってくる」

古賀の言うとおりだった。

連合艦隊は第二次ソロモン海戦でノースカロライナ級戦艦一隻、サモア沖海戦でサウスダコタ級戦艦一隻と、ワシントン海軍軍縮条約明けに建造された敵の新型戦艦二隻を沈めているが、さらに敵は四、五隻の新型戦艦を就役させ、その一部は欧州戦線へも派遣してさえいるのだ。

アメリカ以外の国では、とうてい真似のできない底知れぬ国力だった。

そのうえ、条約以前の旧式戦艦も、敵にはまだ

七、八隻残っていると考えられているが、自分たちに残っているのは『伊勢』『日向』の二隻だけだ。だから、今回はかなりの数的劣勢が予想されている。とはいうものの、慢心は厳に慎まねばならないが、悲観的材料ばかりでもない。

「大丈夫です」

中澤は語気を強めた。

「我々もこうして大和型戦艦を四隻揃えたのです。名目上の性能だけではなく、大和型戦艦の実力は折り紙付きです。実戦でも証明できています。この四隻をもってすれば、いかなる敵をもひれ伏させる。そうでしょう」

中澤は胸を張った。これをもってして、なにが不足だというのか、という中澤の表情だった。

連合艦隊司令部が直率する第一戦隊――『大和』『武蔵』『信濃』『紀伊』と大和型戦艦四隻が、ついにそろい踏みとなった。

数こそ減じているものの、連合艦隊は史上最強の状態にあることは間違いない。

「敵を侮るつもりはありませんが、弱気になったら負けです。堂々、敵を打ち負かしましょう」

中澤は古賀を見つめた。

(自信を持っていきましょう。長官が弱音を吐いては、将兵の士気に影響します。敵が強大であることはわかりきったことです。我々はそこで最大限の努力と準備をしてきた。勝つか負けるか、結果が問題ではない。全力でぶつかるまでです)

中澤の無言の言葉を理解して、『大和』艦長松田千秋大佐が口を開いた。

「自分は武者震いさえ覚えます。幸い、犬死にするような戦力ではありません。思う存分、暴れてやろうではありませんか。

勝つために死力を尽くす。それが、我々の使命でしょう。言葉は不適切かもしれませんが」

松田はあえて一拍置いて、続けた。決戦に向けての、松田なりの心の準備だった。

「我が国は負けたら米英の奴隷になることも覚悟して戦う道を選んだ。その勇気をもって、勝つための艦として、この『大和』を造ったのです。信じましょう」

『大和』誕生の経緯をあらためて中澤と松田は思いかえしていた。そこに流れた男たちの血と汗と涙があって、今の状況がある。

(それを無駄にはしない。勝ってみせる。必ず！)

松田は強い思いを、双眸に閃かせた。

日没を迎えて、艦隊はソロモン海深くへ入っていく。ソロモン海は狭隘な海域のため、なるべく行動の自由を確保すべく、艦隊はソロモン諸島の南に一度まわり込む針路をとった。

ブーゲンビル島を左に見つつ南下、ニュージョージア島の南に達してから南東に舵を切り、さらに東へ針路を変えてガダルカナル島へ向かう。

想定された決戦海域はガダルカナル島沿岸域である。

日米が過去に繰りかえし激突した海域で、サボ島との間は多くの艦艇が沈み、鉄底海峡と呼ばれている。

そこで再び砲声がこだまし、炎が夜気を焦がし、爆煙が大気を汚す……と思っていたのだが。

暗夜を切りさく閃光が、唐突に事態の急変を告げた。

明滅する閃光は二つや三つにとどまらない。

「発砲炎らしきものを認む。二三〇度方向！」

「発砲炎だと⁉　しかも後ろ……」

見張り員の報告に、古賀が振りむいた。

にわかには信じがたいことだが、味方がなんらかの発光信号を送ってくるなどありえない。

「敵艦隊はガ島周辺にいるのではなかったのか？」

「どういうことだ」と、長井もうめく。

ガダルカナル島はまだまだ先だ。

艦隊はその手前に浮かぶパヴヴ島やムバニカ島にすら達していない。ニュージョージア島の南をようやく過ぎようかというあたりだ。

「長官！」

中澤が緊急事態だと半歩詰めよる。

備えあれば憂いなし。準備をして、しすぎることはない。

「配置に就け。各艦、夜戦に備え」

「はっ。総員戦闘配置。全艦に伝えます」

中澤が復唱して、通信参謀に命じた。

「総員戦闘配置。砲雷戦用意！」

松田も高声令達器で艦内全域へ告げる。

弾かれるようにして、いっせいに乗組員が動きだす。ラッタルを駆けあがる靴音と甲板を駆ける音とが交錯し、一人一人が持ち場に身を滑らせる。

参謀の何人かはまだ首をひねっていた。

なにかの間違いか？　しかし、近づく風切り音が、これらいっさいの疑問を吹きとばした。

「敵弾……」

見張り員の声は、弾着の水音にかき消された。

『大和』から見ても右舷に二発、左舷に一発、さらに『武蔵』や『信濃』の周囲にも弾着の水柱が噴きあがっている。

おびただしい数の敵弾だ。しかも、水柱の太さと高さから判断して、それは巡洋艦や駆逐艦の射撃によるものではない。明らかに戦艦の大口径弾によるものだ。

「どういうことだ」

「いったい」

狼狽する参謀たちをよそに、松田は艦内電話の受話器をとった。

理知的で頭の回転が速い松田は、事の真相をすばやく理解していた。

「艦長より砲術。敵は島のすぐ手前だ。海岸線に向かって撃つつもりでいけば、あぶりだせるはずだ」

松田は砲術長永橋為茂中佐に告げて、振りかえった。

（考えたものだな）

これまでの運用実績から、電探は小さな島が点在する海域では、洋上をゆく艦船を区別しにくいことがわかっている。

発信した電波の跳ねかえりをみる原理からすれば、あたり前といえばあたり前のことなのだが、敵はそれを最大限に利用した。

それこそ島を背にして停止していれば、まず敵艦だと知られることはない。そして、息をひそめて自分たちが目の前をとおり過ぎていくのを待ち、満を持して射撃を開始したのだろう。

敵も入念に戦術研究をして臨んできている。

松田は警戒を強めた。が、同時に敵の弱点も見ぬいていた。

「敵戦艦はニュージョージア島南の小島、レンドバ島かテテパレ島にぴたりと付いていたはずです。そこを叩きましょう」

もうひとつ肝心なことがあった。それは中澤が指摘する。

「慌てないことです。敵弾は三六センチクラスがほとんどです。すなわち、砲撃しているのは旧式戦艦ということです。数に惑わされてはいけません。新型戦艦が入っていたとしても、数えるほどのはずです」

敵の奇襲に遭って慌てふためきかねないところ、中澤もまた冷静に状況を読みとっていた。

そして、二人に共通する認識もある。

敵旧式戦艦が束になってかかってきたとしても、『大和』は沈まん！

自分たちは『大和』に関わったすべての男の思いを背負っているのだという自覚と責任が二人にはあった。

『大和』の建造には途方もない労力と、莫大な予算を費やした。

こうして、華々しくできあがった陰で、国家予算は逼迫し、社会福祉はどん底まで沈滞しているという実態も知っている。

その『大和』を造った責任、その『大和』を動かす責任、それを勝利への執念に代えずに、どうしようというのか！

「長官。一水戦を突撃させましょう。やみくもに砲撃するよりも、敵をあぶりだすのに有効と考えます」

「よかろう。一水戦、突撃だ。一戦隊、二戦隊は砲撃用意。いつでもいけるように準備を」

「はっ。通信……」

中澤は即座に指示を伝えた。

敵に逃げ場はない。水雷戦隊が向かってきたと知れば、雷撃を受ける前に動きだすはずだと、中澤は睨んでいた。

そのとおり、敵は動いた。

「電探室より報告。テテパレ島南東に敵大型艦らしき反応複数。低速で移動します。針路二《ふた》、五《ご》、○《まる》」

「やはり、いたか」

松田の推測も、中澤の狙いも的確だった。

連合艦隊は暗夜という黒幕の向こうから、目標を引きずりだしたのである。

「一、二戦隊、一斉回頭！」

今度は古賀が即断した。

敵は自分たちの背後をとろうと動きだした。そうはさせまいと、古賀は序列が逆になるのに目をつぶって、ただちに艦隊を反転させたのである。

「戦艦らしき大型艦、隻数一○！」

（多いな）

予想どおりだったが、古賀は思案した。

集団戦のセオリーは、最強の敵を全力で叩く。つまり、最強と思われる敵艦一隻に、砲撃を集中して沈めることだが、こう数が多くては、そのほかの艦を野放しにするのも危険すぎる。

一隻の目標に執着しているうちに、ほかの敵戦艦から自由に砲撃を受けて、手痛い打撃を食らいかねない。

「『日向』目標、敵一番艦。『伊勢』目標、敵二番艦。以下、同様の同航戦で敵戦艦を撃滅せよ」

「本艦目標、敵六番艦！」

『大和』は必然的に敵六番艦を目標に射撃することとなった。

彼我の距離は二万メートルあまりと撃ちごろだが、それは敵にとっても同じことだ。どうせなら、見張り員の暗視能力と電探の優位性を生かすための距離をとりたいところだが、その余裕はなさそうだ。

敵は素早く発砲を再開した。

再び暗夜の向こうに橙色をした発砲炎が明滅する。

「ほう」

戦艦『大和』砲術長永橋為茂中佐は表情そのままに息を吐いた。

先手先手と、砲戦は敵に主導権を握られ、焦りを感じても仕方のない状況だったが、永橋はいたって落ちついていた。

「慌てる乞食は貰いが少ないってな」

緊張した面持ちの部下たちに向けて、永橋はあえて笑ってみせた。

もちろん、鈍感なわけではない。事態を楽観視しているわけでもない。

悠然と構えて部下に落ちつきを持たせつつ、頭のなかでは着々と戦術を組みたてる。

それが、永橋為茂という男のやり方だった。


「いつもどおりでいい。奇手は用いない」

永橋は宣言するように告げた。

隻数が多いとはいっても、『大和』からすれば格下ばかりだ。勝手に焦ったり、慌てたりすれば、自ら転ぶことになりかねないと、永橋は理解していた。

やりようによっては、初発から全門斉射を敢行して、いちかばちかの賭けに出たり、交互撃ち方として発砲間隔を短くして、敵の足止めを狙ったり、という策もあるが、いずれも必要ないと永橋は結論づけた。

すなわち、各砲塔一門ずつの試射と弾着観測を行って、一射めで方位を、二射めで距離を修正して照準を定める初弾観測二段撃ち方でいく。

日本海軍の砲術教範どおりの進め方である。

もっとも、実は秘策も隠している……それは後だ。

　光学的な測的は難しいが、電探が発達した今は、夜戦でも不安はない。

　永橋が務める弾着観測も夜間で二万メートル先というのは困難だが、そのために飛ばした水上機がそれを担ってくれれば問題ない。

「撃《て》え」

　敵弾の飛来音を跳ねのけるようにして、『大和』はこの日最初の砲声を轟かせた。

　鮮烈な炎の光が闇を引きさき、爆風が海面を叩く。

　その喧噪が収まらないうちに、敵弾が周辺をにぎわす。

　右舷前方から真横にかけて、着弾した敵弾が白い水壁をつくったかと思うと、頭上を抜けた風切り音は左舷後方に複数の水柱を突きあげる。

　いずれも脅威となるものではない。

　敵の射撃精度は恐れるほどではない。

「弾着！」

「……ほう」

　観測機からの報告に、永橋は嘆息した。

　納得というよりも、満足の反応だった。

「下げ一。錨頭そのまま」

　距離の修正は若干必要だが、方位のずれはないという観測結果だった。

　換装された電探は、方位精度が低いということこれまでの欠点を改善したものだと聞いていたが、ふれこみどおりの性能を実戦で発揮できたのは喜ばしい。

　それも、前線で出ている自分たちだけでなく、兵器開発に携わる者たちも、必死に戦ってきたという証拠にほかならない。

「全員で戦っているのだ」という艦長の言葉もう

なずける。

「修正よし」

「撃え」

直しはわずかなので、次発発砲は速やかだ。

再び敵弾と入れかわるようにして、四六センチ弾が飛びだしていく。

敵弾はソロモン海の生ぬるい海水を撹拌して終わるが、『大和』の一撃は見事に目標を捉えた。

命中のものらしき閃光が鋭く海上に走ったかと思うと、活火山さながらに炎が勢いよく噴きだした。

一発轟沈とはいかなかったが、相当な打撃を目標に負わせたことはたしかだ。

炎のなかに三脚檣が垣間見えたことから、目標はペンシルベニア級かネバダ級あたりの旧式戦艦だったようだ。

『武蔵』以下はまだ命中弾を得ていない。『大和』は連合艦隊旗艦にふさわしく、先頭を切って敵に命中弾を与えたのである。

(よしっ)

『大和』方位盤射手三矢駿作特務少尉は、表情を変えずに心中の炎を猛らせた。

連合艦隊旗艦の砲撃が自分の指先にかかっていると思うと大変な重圧だったが、自分はそれに押しつぶされずに期待された結果を出してみせた。

ここは束の間、自分を褒めても罰はあたるまい。

切歯扼腕しているであろう『武蔵』方位盤射手池上敏丸特務少尉の顔が、脳裏をよぎった。

呉の海兵団に同期で入って、ともに鉄砲屋の道をひた走ってきた親友でありライバルでもある。人一倍自分に対抗心を燃やしている池上ならば、先に命中弾を出されたとなれば、歯ぎしりして悔しがっていることだろう。薄い眉を吊りあげて、長身の身体を震わせているはずに違いない。感情的でわかりやすい男である。

（だが、敵は向こうだからな。勘違いするなよ）

「次より本射」

永橋は発した。

照準は完全に定まった。あとは砲弾を装填して放つ。目標が沈むまで、ひたすらそれを繰りかえすだけだ。

ただし、目標を追う格好になっているため、『大和』が使えるのは前部六門に限られる。後部一基は射角の関係で使えない。これが、計画初期段階での主砲塔前部集中案だったら、いきなり全力でいけたのだが、それは三矢も池上も知るところではない。

六門の主砲身を揃えるのに多少の時間を要する。その間に『武蔵』は次射を放ったようだ。前方で火球が膨らみ、そして消えるのが見えた。

「射撃準備完了」

「撃っ」

「撃え！」

三矢は裂帛の気合を声にのせて、引き金を絞った。

刹那、まばゆい発砲炎が視野一帯を埋めつくし、発砲の反動が足元から脳天へと突きぬけた。

閃光は真っ赤な炎へ、そしてどす黒い煙へ代わり、それが闇に溶け込んでいく。

光学レンズの助けがあっても、先の弾着ではなにも見えずに手持無沙汰だったが、火災の炎を背負って目標の姿があらわになっている今は、方位盤での追尾が可能である。

三矢も本来の職務である上下方向の追尾――俯仰手として、目標を観測して照準作業を続けていく。二重瞼の大きな目を接眼レンズに押しつけ、高い鼻で大きく息を吸う。

そこで、目標付近の海面が夕焼けのように赤く染まった。目標の前から射した光だ。

どうやら、敵五番艦が大爆発を起こしたらしい。『武蔵』の戦果だ。

しばらくして、はらわたをずしりと押す、重々しい爆発音が伝わってくる。

（やったな。池上よ）

爆発の規模からして、敵五番艦はとても浮いていられるとは思えない。木端微塵に爆砕したか、艦体が断裂して沈んだか、どちらかだろう。

命中弾を得ることこそ『大和』に遅れをとったが、『武蔵』は一発で敵五番艦を沈めてみせたのだ。

旧式戦艦だろうとはいえ、大和型戦艦の攻撃力というものを、まざまざと見せつけた結果だった。

「どうだ！」という池上の得意げな表情が、すぐそこに見えたような気がした。

『大和』や三矢も負けてはいない。本射に入っての初弾が目標を取りかこむ。

一発は炎上する目標の背後に、高々と水柱を突きあげ、二発は左右に至近弾となって目標をかすめる。そして、次の一発は火災のなかに飛び込み、炎が揺らいだような気がしたが、なにが起こっているのかはわからない。

そのうち、スローモーションを見るかのように、ゆっくりと三脚檣が傾き、倒壊した。

さらにとどめとなる一撃が、その直前に突きささっていた。まるで悪魔に魅入られたかの一発は、すでに傷ついていた敵六番艦の急所——機関部へつながる破孔へ突入した。

それが、決定打だった。

一瞬にして推進力を奪われた敵六番艦は行動の

自由を失い、引きさかれた舷側から流入する大量の海水によって、艦体は急激に傾いた。

敵六番艦が死に体となったのは、誰の目にも明らかだった。

「目標を敵八番艦に変更！」

意気あがる『大和』の射撃指揮所だったが、戦況は必ずしも一方的と言えるものではなかった。

たしかに連合艦隊は優勢ではあったが、圧勝と言える状況ではなかったのだった。


敵戦艦二隻撃沈の朗報に、冷や水を浴びせる入電だった。

「『伊勢《いせ》』が総員退去。『日向』も行動不能だと⁉」

苦境を伝える第二戦隊司令部からの電文に、連合艦隊司令長官古賀峯一大将以下、その場の誰もが表情を一変させた。

『大和』艦長松田千秋大佐は、『日向』の艦名にひときわ深い皺を眉間に刻んだ。

『日向』は松田にとって、思い出深い艦である。

艦長として開戦を迎え、南シナ海海戦、マーシャル沖海戦、第二次ソロモン海戦と、米英艦隊と戦った主要な海戦のほとんどを、松田は『日向』に乗って戦った。その『日向』が喪失必至との一報は、松田にとっては痛恨の知らせだった。

「第二戦隊が撃ちあった相手は、どうやら新型の一六インチ砲搭載戦艦だったようです」

作戦参謀長井純隆中佐の報告に、古賀は険しい表示で低いうなり声を発した。

一六インチ砲搭載戦艦、しかも新型とくれば、三五・六センチ――一四インチ砲搭載の旧式戦艦『伊勢』『日向』にとっては、明らかに荷が重い相手である。

敵が一、二番艦にそのような戦艦を配置していることは予想できたにもかかわらず、自分は一対一の同航戦を安易に命じて、第二戦隊を無為に沈めてしまった。

悔やんでも悔やみきれない失態だった。

「第二戦隊は残念ではありますが、戦訓分析は後にしましょう。夜戦はまだまだこれからです。まず、この夜戦に勝利せねば」

参謀長中澤佑少将が、悔やんだり嘆いたりしている場合ではないと、はっぱをかけた。起きたこと、過ぎたこと、を振りかえっている暇はない。今は目の前の戦いに集中するべきだという中澤の真意だった。

仮に第二戦隊では力不足だと、急遽序列を変更しようとしたり、目標を不規則にわりふったりしては、混乱は免れなかったはずだ。

必ずしもそうすれば結果が好転したとも限らない。

詳しく分析するのと、次回への対策を立てるのは、後でいい。

『伊勢』『日向』がもう少し粘ってくれればよかったが、ここは撃ちもらしていた敵旧式戦艦を一掃する好機だ。大和型戦艦四隻をもってすれば、さほど難しいことではない。

その後に新型を相手取れれば、それこそ敵戦艦を全滅させることも夢ではない。と、中澤は考えていた。

そして、中澤の期待通りに『大和』『武蔵』は早くも命中弾を得ている。

十字に揺れる閃光に続いて、大小無数の金属片が宙にばら撒かれる。一部は木製の甲板に落下して突きささり、また一部は海面を叩いて夕立のような音を立てる。

紅蓮の炎が湧きたち、崩れた艦容を闇のなかから引きずりだす。

「籠マスト……テネシー級あるいはコロラド級か」

中澤は暗い海上に垣間見えた特徴から、あたりをつけた。

金属で編んだラッパを逆さにして艦上に取りつけたような特徴的外観は、アメリカ戦艦をおいてほかにない。さらに、改装して三脚檣などに代わるなか、その姿をとどめているのはテネシー級とコロラド級ということになる。

どちらにしても、『大和』の敵ではない。

（いけ！）

ふいに、これまでにも優る衝撃が身体を襲った。

どうやら、後部三番主砲塔も射撃に加わったらしい。

敵旧式戦艦に比べて、『大和』は優速である。浅かった相対角度が深まって、三番主砲塔の射界に入ったのである。

（それにしても）

四六センチ砲九門の全力射撃は何度経験してもきつい。最上甲板上に生身の人間がいれば即死するというのもうなずける衝撃である。

そこに、敵弾が降りそそぐ。

『大和』を狙ったのは二隻のようだ。

まず、『大和』を飛びこえて後方に集弾する一群があった。

これは『大和』の速力を見誤ったのか、航跡を乱しただけに終わる。

次に飛来した一群は、右舷中央から前方の手前に着弾して水柱を突きあげたが、うち一発が直撃弾となって異音を響かせた。

しかし、目立った変化はなにもない。

敵弾は喫水線より上の舷側にあたったものの、傾斜二〇度、厚さ四一〇ミリの主甲帯に、あえなく弾きかえされたに違いない。

(見たか。これが『大和』だ)

『大和』は第二次ソロモン海戦以降、期待どおりの戦果を挙げてきたが、中澤がそれを実際に目の当たりするのは初めてのことになる。

『大和』の圧倒的な様子に、あらためて誇らしい思いを抱く中澤だった。

(これだ。自分たちはこうした艦を欲していたのだ。これぞ不沈艦たる圧倒的な戦艦を目指した。それが『大和』として結実したのだ)

「命中!」

見張り員が報告した。

橙色の光が膨れあがり、黒色の破片が四方八方に飛びちる。無数の火の粉が舞いあがり、それが二度、三度繰りかえされる。

明らかに誘爆によるものだ。炎は逆にあまり見えなくなったものの、勢いが弱まったと考えるのは間違いだ。艦内から湧きでる黒煙の勢いが優って、炎すらかき消しているのだろう。

目標の敵八番艦に、相当な痛手を与えたのはたしかだ。

敵八番艦の命運は決した。

行動不能になるかもしれないし、沈没も時間の問題と思われる。完全勝利とはいかないが、サモア沖海戦を上まわる大勝もちらついてきた。

これぞ、大和型戦艦四隻がそろい踏みしての結果だ。我々はこうした状況をつくりだすべく、周到な計画と入念な準備を重ねてきた。

当然の結果だ。

敵太平洋艦隊を壊滅状態に追い込み、再び当面の安全を確保できる。うまくいけば、有利な条件で和平を進めるきっかけすら作れるかもしれない。

中澤の胸中にそんな思いも膨らんだが、それは淡い期待にすぎなかった。

アメリカ太平洋艦隊は、それほど弱敵ではなかった。敵の反撃はここからだった。

「後方に大型艦らしき反応！」

「発砲炎らしき閃光認む！」

電探室と見張り員からの相次ぐ報告が、一変した事態を告げた。

雲行きが怪しくなった？

そのとおりだった。

「敵に別動隊がいたというのか？」

古賀が怪訝な様子で、後ろを振りかえる。

砲戦中に背後を衝かれるというのは、最悪で避けねばならない事態である。

敵ははじめからこうしたチャンスを窺っていたとでもいうのか。

自分たちはまんまとその策略にのってしまったというのか。

「敵は旧式戦艦を餌に、我々を食いつかせたのでしょうか」

長井も渋面で応じる。

たしかに、思いあたるふしがあった。

敵の一、二番艦あたりが新型戦艦らしいという情報はあるものの、これだけ「格下」とわかっている戦艦をまともにぶつけてくるものだろうか。

砲戦はあまりにうまく進みすぎていたのではないか。

そう考えれば考えるほど、敵の謀略という考えが色濃くなっていく。

「まず、敵の正体を見極めることだ」

浮き足立ってはいかんと、中澤は部下たちを見まわした。次いで、古賀に向きなおる。

「慌てれば、慌てるだけ、敵の思うつぼです。そこが敵の狙いかもしれません」

「あ、ああ。そうだな」

古賀もひと息吐いて気を落ちつかせたが、現実はそう生易しいものではなかった。

夜気を引きさく甲高い音を伴って、敵弾が飛来する。

その轟音が極大に達したと思うや否や、直前の海面が大きく弾けた。

白濁した水壁が針路を遮るようにして忽然と現れ、『大和』はまともにそこに突っ込んだ。

前方に大きく突きだした艦首が巨大な水塊に突きささったかと思うと、怒涛が錨甲板に押しよせる。

激しく水飛沫や水煙をあげながら、海水が錨鎖や巻きあげ器を洗っていく。

一部は波除板をも超えて、一番主砲塔付近にまで達した。

幸い、それがもっとも近いものだったが、残り三発もさほど遠くない海面を騒がせている。

「敵艦、発砲!」

「四六センチ、ましてや五〇センチ級の砲撃ではないですが」

長井が弾着の水柱から、あたりをつけた。

先の口径を目の当たりにすれば、多少なりとも動揺しかねないところだが、たしかに冷静にみれば水柱の規模は一六インチ弾のそれと大差ないように見えた。

しかし、そう簡単なことではない。

(四発……)

その数が、中澤には気になった。

そして……。

「敵艦が変針しました。本艦から見て、一八〇度。速力二八ノット。追ってきます！」

「真後ろにつかれただと？」

古賀が再び後ろを振りかえった。

相対的な位置関係としては最悪だ。

敵艦も正面を向いて追撃してくるとなれば主砲全門は使えないだろうが、こちらは後部主砲塔のみと火力は極小化される。

予想される火力は『大和』が四六センチ砲三門に対して、敵艦は一六インチ――四〇・六センチ砲六門となる。

一発あたりの破壊力は凌駕しても、門数が半分となってはさすがに呑気に構えてはいられない。

「追撃してきた艦は、例のモンタナ級かもしれません。弾着が四発ということから、その可能性が高いものと思われます」

「砲塔四基で一門ずつとすれば、ぴたりと合うな」

中澤の考えに、古賀も同意した。

モンタナ級戦艦はそれ以前の敵新型戦艦から主砲塔を一基増設して、三連装砲四基と重武装化していると伝えられている。

それが満を持して前線に姿を現したと考えるのが、妥当と思われる。

「迎えうちましょう」

「無論だ」

このまま放置はできないと、中澤と古賀の意見は一致した。

問題は、それをどうするかだ。

「モンタナ級はたしかに強化された戦艦かもしれませんが、『大和』を凌駕するものではありません。

本艦ならば十分勝てます」

中澤は『大和』の力を信じていた。

予想される敵の新型戦艦を問題なく退ける不沈艦として、『大和』を造った。その真価を『大和』は示してきた。それはここでも変わらないのだと。

「二隻であたる手はないか。『大和』と『武蔵』であたれば、より確実に勝てると思うが」

「それはいけません」

古賀の案に、すぐさま反対したのは長井だった。

「今、相対している敵にも、新型が二隻含まれています。『大和』『武蔵』を引きぬいては、二兎を追う者は……となりかねません。

先の敵もけっして弱敵ではございません。ここは『大和』一隻であたるのが得策と存じます」

「作戦参謀と同感です。本艦を信じましょう。同数ならば負けはしません」

「長官」

「……わかった」

中澤と長井を交互に見て、古賀は決断した。

「二人が同意見ならば、それが正しいと信じよう。本艦一隻であたろうではないか」

「はっ」

「はっ」

中澤と長井は踵を揃えて姿勢を正した。

それを見た松田が応じる。

「反転して、新手の戦艦に向かいます」

松田の気持ちも、中澤と一緒だった。

一対一ならば負けはしない。『大和』はいかなる敵が現れようとも、それを圧倒して勝つ艦として造った戦艦である。自分は今、艦長としてそれを実現する立場にある。

怯まず、臆せず、粛々と実行して見せようではないか。

眼光炯々とした眼差しで、松田は命じた。

「砲術長、目標変更だ。後方から接近中の敵戦艦を撃沈せよ。航海長、反転一八〇度、反航戦で迎撃する」

そこで、松田は戦術的な策をひとつうった。

『大和』の火力を最大とするには、目標に舷側を向けて前後の砲塔とも使用可能にしなければならない。それをあえて反航戦として、前部のみの砲撃を選んだのは、敵にもそれを強いるためだった。

全火力を動員しようとすれば、敵も対抗して同航戦にもつれ込む可能性が大だ。

そうなると、『大和』は九門、敵がモンタナ級戦艦ならば一二門に達する。

それを反航戦とすれば、六門対六門の五分となる！

松田はわずかな時間で、そのような計算をして行動に表したのだった。

『大和』は取舵を切って、急回頭に入った。一時的に『武蔵』らとは別行動をとって、モンタナ級戦艦と思われる新手の敵と対峙する。

彼我ともに砲撃は一時休止となる。

回頭しながら撃っても、回頭する目標めがけて撃っても、まず命中は望めないからだ。

「回頭終了。敵艦との距離、二六〇」

「敵艦の針路、速力に変化はないか？」

「ありません。距離二五八……二五五」

相対速度は時速にして一〇〇キロメートルあまり。一〇〇メートルを走破するのに、四秒とかからない。

距離は急速に詰まる。

「敵艦、まっすぐ向かってきます。敵艦、発砲！」

「まともに応じてきたか」

古賀は松田を一瞥した。「うまくいったな」という眼差しだった。

「敵前で右往左往するのを嫌ったか。あるいは射撃に相当な自信を持っているのかもしれません」

長井はそう考えたが、敵の考えはそのどちらでもなかった。

「電探室より報告。目標後方に敵らしき艦影。大型艦らしい」

「なに⁉」

古賀も中澤も振りむいた。

不穏な報告に、緊張感が増す。護衛の艦ならば、むしろ自然だ。目標がモンタナ級の戦艦だとすれば、単艦で行動しているほうが、むしろ不自然だからだ。

しかし、探知したのが大型艦となると、話は違ってくる。

まさか……。

「射撃、始めます！」

陰鬱とした空気を振りはらうように、松田は発した。

しかし、『大和』が轟然とした砲声を放つ前に、敵はわずかに早く動いた。

「！」

松田らの双眸に映ったのは、目標とその背後に連なる閃光だった。

発砲炎と見て、間違いない。

連合艦隊司令部は凍りついた。

モンタナ級戦艦は二隻いたのである。

室内は薄暗かった。砲撃目標を目視で観察しようとしている者は一人もいない。

電子機器の放つ青白い光のなかで、それぞれが数字や表示を頼りに状況を観察、分析して、報告と指示を出しているのである。

戦艦『モンタナ』の艦内に設けられたＣＩＣ（Ｃｏｍｂａｔ　Ｉｎｆｏｒｍａｔｉｏｎ　Ｃｅｎｔｅｒ・戦闘情報管制センター）の様子である。

電子機器の普及と発達によって、肉眼による観察に頼っていた砲撃は劇的に変化した。

そこで、アメリカ海軍は新しく建造する戦艦には、従来の射撃指揮所とは別に電子機器を一元的に管理、運用するＣＩＣを艦内に設け、特に夜間はそこで艦長らが指揮を執るというスタイルに代わってきていた。

戦艦『モンタナ』艦長フランクリン・ヴァルケンバーグ大佐は、アメリカ海軍でレーダー射撃の第一人者と言えるウィリス・リー少将に学んで、それを会得し、積極的にＣＩＣで指揮を執りはじめた一人だった。

「『オハイオ』も射撃始めました」

「オーケイ」

久しぶりに手応えのある戦いだった。

モンタナ級戦艦二隻を別行動とさせて、敵の背後を衝く。

それが、まんまとはまった。

敵はヤマト級戦艦一隻に対して、こちらはモンタナ級戦艦二隻である。主砲は敵が一八インチ砲九門なのに対して、こちらは一六インチ砲が実に二四門にのぼる。

前方向火力でいっても、六対一二と圧倒している。

一発あたりの威力は敵が上でも、なんとかなる。

そう思える数的優勢だった。

このソロモンでもサモアでも、幾度も辛酸を舐めさせられ、警戒心は人一倍強いヴァルケンバーグの表情にも珍しく余裕があった。

『モンタナ』は二射、三射と続ける。

戦艦というものは、やはり周囲を黙らせる巨砲の存在感と、圧倒的な砲声や発砲炎が特徴であって魅力でもある。

『アリゾナ』『ノースカロライナ』と戦艦の艦長を歴任してきた身からすれば、そうした視界的な刺激がないことに物足りなさも感じるが、これも時代の変遷によるものだ。感情面よりも、いかに効率的に有利に戦える手段が選ばれるのは自明の理だとヴァルケンバーグは理解していた。

今はCICにまで響く砲声と反動の衝撃に、自艦の奮闘ぶりを思いえがくことだ。

「敵艦に火災の炎を確認！」

CICがどっと拍手喝采に沸いた。


ヴァルケンバーグに限らず、実際に目で見られないぶん、朗報には倍も三倍もの反応がある。

『ヤマト』は『ワシントン』や『サウスダコタ』といったアメリカ海軍の新型戦艦を沈めてきた強力な戦艦ではあるが、こちらもアメリカ海軍史上最強の戦艦を、しかも二隻ぶつけている。

けっして対抗できない戦力ではないと、ヴァルケンバーグは期待していた。

（そうだ。そう信じなければ、今まで散っていった者たちの死が無駄になる。何千何万という将兵の死に報いるために、我々は勝利を届けねばならない）

「Ｓｉｎｋ！　Ｔｈｅ　Ｙａｍａｔｏ」

ヴァルケンバーグは『ヤマト』撃沈をあらためて誓った。

相手が二隻というのは、完全に想定外だった。

『大和』は想定外の苦境を脱するために、全火力を発揮すべく、回頭しての同航戦で『モンタナ』『オハイオ』を相手取った。

どうやら、速力は同等らしく、彼我ともに一方的に有利な相対位置をとれる状況にはないようだ。

現在、射距離は二万三〇〇〇メートルあまりと、『大和』にしては近すぎるくらいだが、『大和』の重装甲はなんとか敵弾を跳ねかえしつづけている。

艦の前後の非装甲部や高角砲、機銃座などの破壊は進んでいるが、主砲塔や機関といった重要部位への敵弾貫通は許していない。

『大和』は戦闘、航行に支障なしと言えた。

一方、『大和』の射弾も一発、また一発と目標を捉えつつあったが、さすがに目標も最新にして最強の戦艦らしく、すぐに参った様子は見せない。

だが、どこまで耐えるかだと、『大和』砲術長永橋為茂中佐は自艦が撃ちまけるとは思っていなかった。

敵は急所を撃ちぬけないが、こちらは撃ちぬける。命中箇所がそこに至るかどうか、時間と確率の問題にすぎないと、永橋は考えていた。

敵も負けじと、嵩に懸かって砲撃してくる。

一番艦による弾着の水柱がおさまりきらないうちに、二番艦の射弾が降りそそぐ。

しかも、その頻度は『大和』発砲のそれを上まわっている。

主砲の発射速度は、敵が明らかに優るようだった。

『大和』は林立する水柱をものともせずに進む。

崩れかかった水塊を押しつぶし、あるいは高く伸びた水柱を突きくずし、その間から発砲炎を閃かせる。

艦首に向けて反りあがった最上甲板から無数の飛沫がちぎれ、それが水煙となって艦尾に曳かれていく。

傍から見れば、さぞかし勇壮な姿だったろう。だが、目標撃沈に全力を傾注しているのは、敵もいっしょだった。

今回という今回は、絶対に引きさがらない。今回こそ、貴様を沈めてやる。そんな執念が、この日はわずかに敵が上まわっていた。

連続した被弾の衝撃に、艦が揺れる。

二番主砲塔と司令塔が一発ずつを跳ねかえしたが、一発は錨甲板を貫いて炎をあげる。

すぐに続いた敵弾は前甲板の喫水線下に飛び込む。異音が響き、白濁した水塊が舷側をこする。

ぎりぎりバイタル・パート——主要装甲区画を外れたあたりだ。舷側を破られて浸水するのは免れない。

沈む心配はないにしても、艦の傾斜が進んでは射撃精度に悪影響がおよんでしまう。

決定打はない。決定打はないのだが、『大和』の寿命が徐々に削られているのも事実だった。

(同航戦にしたのは失敗だったな)

数の脅威に接したのは、敵に全力射撃を許したからである。

同航戦を指示したのは主砲全門の射撃を狙った連合艦隊司令部かもしれないが、結果的にそれは裏目に出た。

これならば、反航戦のまま敵と撃ちあったほうがまだましだったと思ったが、今さらの話でしかない。

そして、この夜は運も敵に味方した。

一発でも有効弾が入れば、形勢はいっきに有利に傾くというのも、敵も同じことだったのだ。

二発、三発弾いても一発が突きささる。

しつこく飛来する、その一発がついに決定的な事態を招いた。

被弾の瞬間は意識するほどのものでもなかったのだが……。

「測的が。電探損傷の模様」

「む」

泰然自若とした永橋も、さすがにぴくりと眉を動かした。

事の重大性をすぐに悟った永橋だったのだ。

夜間でこのような遠距離射撃が可能となったのは、電探なしには語れない。言い方を変えれば、今や電探なしでの夜戦は成立しない。

ところがだ。考えるまでもなく、被弾に耐えうる装甲など、電探に付いているはずもない。

裸で砲戦のまっただなかに放置されていたというのが、正直なところだ。

つまり、電探が破損するというのも、単なる確率の問題でしかなかった。

大口径弾の直撃など受けずとも、ちょっとした断片に叩かれただけでも、その機能は失われたはずだ。

それが起こった。

「光学照準に切りかえ。砲撃続行」

永橋は命じた。

「異変」を悟られまいとする意味も含めてのことだったが、それは敵以上に味方がすぐわかるほどのことだった。

高柳儀八少将率いる第八戦隊――重巡洋艦『利根』『筑摩』の二隻は、『大和』の護衛に就いていた。

前方に展開して、敵の水雷戦隊の接近阻止にあたっていたのだが、その第八戦隊からも、正確に言えば司令官の高柳と『利根』艦長黛治夫大佐からは、『大和』の異変がすぐにわかった。

「急に射撃精度が落ちましたね」

「艦体に不都合は生じていないだろうから、測的か」

「方位盤か測距儀、あるいは電探あたりがいかれましたか」

「ありうる話だな」

黛と高柳の予想は的を射ていた。

艦長と副長兼砲術長として、『大和』に関わった身としては、人一倍『大和』のことは気になるし、事情も理解しやすい。

「まずいですな」

「ああ」

『大和』は史上最大最強の戦艦である。

主砲はいかなる強敵をも撃ちやぶるために、未曽有の巨砲――口径四六センチの砲を九門搭載している。

その実力は折り紙付きで、自分たちもそれをもって並みいる強敵をなぎ倒してきた。

だが、その巨砲をもってしても、当たらねば意味がない。威力がいくらあろうとも、それを目標に叩きつけることができなければ、敵にとっては痛くも痒くもない。

いわば、『大和』は目標を見据える目を奪われた状態にあると思われる。

由々しき事態である。

『大和』はそれでも発砲の炎を絶やさず、灯しつづける。

白金色の閃光で闇を切りさき、暗い海上に鮮紅の炎を噴きあげる。

だが、見た目は派手だが、攻撃としての効果はない。

大人の背丈を超える全長二メートルの巨弾はいずれも虚海を騒がせるだけに終わる。

対して、敵の射撃精度は回を重ねるにつれて向上している。

またもや、『大和』の艦上に被弾の炎が踊る。中央から、やや後方だ。主砲塔や司令塔は無事でも、探照灯や高射装置あたりは跡形もなく粉砕されたことだろう。

三本束ねられた特徴的なメインマストも、上部は持っていかれたようだ。艦容が変わったように見える。

そこに、再び敵弾が突きささる。

いちだんと大きな火球が膨張して弾け、これまでにない爆発音が轟く。

副砲あたりが爆砕されたのかもしれない。

「まずいな」

高柳は唇を噛んだ。

『大和』の相手はモンタナ級と呼ばれる敵の最大最強の戦艦と思われる。砲熕兵装はこれまでの敵戦艦が一六インチ砲九門だったのに対して、一二門と増強していると予想されている。

その強武装戦艦が二隻となれば、さしもの『大和』も手に余る相手となるのかもしれない。

『大和』は持ち前の強靭な防御力で、敵に決定打を許さずに持ちこたえているものの、敵の砲撃は執拗で、とにかく手数が多い。

一発一発の打撃はそれほどではなくとも、あれだけ被弾を繰りかえしていては、いずれ限界点に達しないというほうが不自然だ。

ボクシングに例えれば、ヘビー級のボクサーがパンチを空転させているうちに、ミドル級のボクサーに二人がかりでしつこくボディーを打たれつづけているようなものである。

『大和』の不沈神話も絶対なものではない。限界を迎えてからでは遅い。

「いきますか」

黛が発した。

「肉薄して魚雷を叩き込む。沈めはしなくとも、足を止めさせるだけでも、戦局の挽回にはなるでしょう。

『大和』の援護には、それしかありますまい。それをできるのは今、我々しかおりません」

「敵はモンタナ級二隻だぞ。そこに飛び込んだら」

高柳は振りかえって応じた。

表情が明らかに変わっている。修羅場に立った男の、覚悟を問う目だった。

口にこそ出さなかったが、そこには「生きては帰れまい」との言葉があるのを黛もわかっていた。

「覚悟のうえです。本艦一隻もしくは戦隊の犠牲と引きかえに『大和』が助かるならば、安いものです」

「わかった。艦長の思い、しかと受けとめた」

一点の曇りもない黛の双眸を見て、高柳は鷹揚にうなずいた。

覚悟を決めた男を前に、それを認める以外の選択肢はないと、高柳も思いを同じにした。

高柳は敵――モンタナ級戦艦二隻がいる真東を睨みつけた。大きく息を吸い、それを声にのせて吐きだす。

「戦隊針路、〇九〇。我が戦隊はこれより敵戦艦二隻へ向けて突撃を敢行する。最大戦速で突進、砲雷撃で敵戦艦を撃滅する。『筑摩』へも打電せよ！」

「はっ。針路〇九〇。最大戦速で突撃します」

復唱して、黛は踵を返した。

「機関長……」

第八戦隊は生還を期さない突撃態勢に入った。『大和』が苦境を脱しさえすれば、我が身がどうなろうとかまわない。

自己犠牲の精神で、『利根』『筑摩』の二隻は『大和』のそばから離れていったのだった。

戦艦『大和』艦長松田千秋大佐は、妙な胸騒ぎを覚えた。

「参謀長……」

連合艦隊司令部参謀長中澤佑少将に声をかけようとしたところで、見張り員が報告する。

「八戦隊、針路変更。方位〇九〇。速力上げた」

「む！」

「なに？」

松田と中澤は顔を見合わせた。

真方位〇九〇、すなわち真東というのは『大和』が撃ちあっている敵戦艦二隻がいる方角である。なにをしようというのかは、想像がつく。

第八戦隊の司令官は松田の前任である高柳儀八少将であるし、重巡『利根』の艦長も前副長兼砲術長だった黛治夫大佐である。

二人とも『大和』には並々ならぬ愛着を持つと同時に、『大和』の価値を誰よりも知る男である。『大和』が危急にあると知れば、ただちに駆けつけ、どんなことをしてでも援護しようとすることだろう。

文字どおり、どんなことでもだ。

二人の表情が見る見る逼迫した険しいものになっていく。

「身を挺した肉薄攻撃」

「沈没覚悟の決死の雷撃、ということか」

「おそらく」

「長官！」

中澤は振りかえって、連合艦隊司令長官古賀峯一大将に報告した。

「第八戦隊は撃沈されるのを承知で、敵戦艦二隻に突撃したようです」

「死ぬつもりか」

「玉砕覚悟の」

参謀の何人かが頰を引きつらせたり、痙攣させたりしながらつぶやく。

これまでの敵とは違う。それは全員がわかっていた。

なにせ、一対二の数的不利にあるとはいえ、この『大和』が苦戦しているのである。

「そんなことは命じておらん！」

古賀は喝破した。

気持ちはわからないでもない。だが、命令もなしに勝手なことを許すわけにはいかない。それが、古賀の立場だった。

「引きかえすように命じよ。これは命令だ！」

「はっ」

古賀の意を受け、通信参謀が慌てて動く。

だが、それで翻意するくらいならば、はなからそんな行動に出るわけがない。

「八戦隊、応答ありません」

「繰りかえせ！」

一連のやりとりを見ながら、もっとも不本意に感じていたのが松田だった。

（本艦が不甲斐ないばかりに。司令官、限界は超えず、ご無理はなさらないように。ご武運を）

九分九厘つうじないだろうとは思っていたが、松田はかすかな生還の可能性を信じたかった。


願わくは奇襲雷撃といきたかったが、やはりそうはいかなかったようだ。

敵モンタナ級戦艦二隻の前に、巡洋艦戦隊が現れた。

「やはり、そうそう簡単には行かせてくれぬか」

「あれだけの戦艦です。護衛がいないほうが不自然です」

現れた巡洋艦は二隻だ。その艦上には早くも発砲の炎が見える。

夜空をひとまたぎした敵弾は、『利根』の手前に、あるいは『筑摩』の背後に、相次いで水柱を噴きあげる。

「二〇センチクラス……重巡か」

「ノーザンプトン級でしょうか」

水柱の規模と垣間見えた艦影から、高柳と黛はあたりをつけた。

はっきりと見えたわけではなかったが、乾舷の高い短船首楼型の艦体に三脚檣の前檣、前後で長さの異なるマスト、そして前部にあった背負い式の主砲塔二基が同一のように見えた。それらを満たす重巡となると、ペンサコラ級に続く条約型第二段のノーザンプトン級重巡ということになる。

内南洋で戦ったアストリア級重巡と同じく、『利根』『筑摩』にとっては格好のライバル艦と言えた。

「撃ちまけるな！」

黛がはっぱをかけ、『利根』も反撃の砲火を閃かせる。

前方向への射撃となるため、発砲の炎は艦首方向をあらわにする。

日本海軍艦艇に特有の弓なりに反りあがった上甲板と、S字を寝せたダブル・カーヴェチャーの艦首ラインが束の間、闇のなかから浮きでてくる。

後ろに控える、小さくまとめられた艦橋構造物は、前面が赤い光を反射する程度だ。

戦国時代の天守閣を思わせる高雄《たかお》型重巡の巨大な艦橋構造物と違って、利根型重巡のそれは重量軽減と被弾の確率を下げることを狙って、可能な限りコンパクトに造られている。

同じ重巡とはいえ、建艦設計の目的や目標でこうも変わるものかという典型的な例である。

先に命中弾を得たのは『利根』だった。

発砲のそれとは明らかに異なる閃光が、敵一番艦の艦上にほとばしり、小さいが複数の火球が連続して弾けるのが見えた。

副砲か高角砲をまとめて爆砕したらしい。

「いいぞ」

黛はほくそ笑んだが、その一方で重巡を撃沈することが目的でないことも、よく理解していた。

目標はあくまでその後ろに控えるモンタナ級戦艦である。

そして、モンタナ級戦艦に目に見える損害を与えるには、砲撃ではなく雷撃が必要であることも、よくわかっていた。

だから、砲撃のことだけを考えるならば、後ろ向きに配置されている三番、四番主砲塔を使えるように、敵重巡に横腹を向けているところだが、そうはいかない。

敵戦艦を真正面に最短経路で突進する針路は変えられない。

使えるのは前方向に向いた一、二番主砲塔に限られる。

しかし、今はそれで踏んばるしかない。

それでも、『利根』は奮闘する。黛直伝の砲術科の練度の高さを窺わせる。

二発めの命中弾は、敵一番艦の中央付近を襲った。

爆炎のなかで、鉄骨のようなものが倒壊していくのがわかった。

前後のマストどちらかか、水上偵察機揚収用のクレーンか、だろう。

敵もおとなしくやられっぱなしでいるはずがない。

今度は『利根』が被弾の衝撃に震える。

「左舷中央に直撃弾！　火災発生」

利根型重巡は艦の中央から後部を航空兵装にあてた航空巡洋艦である。

航空兵装は根こそぎ破壊されたと思われるが、幸い、水偵は全機射出済みで、失われた機はない。

もっとも、帰る場所があるかという問題が残るのだが……。

「命中！」

そこで、見張り員が一段と弾んだ声をあげた。

目標艦上に、はっきりとわかる火柱が立ちのぼり、濛々と黒煙が噴出しているようだ。

どうやら、主砲塔を破壊できたらしい。

しかし、そのお返しはすぐにやってきた。

鈍器で頭を殴られたかの衝撃に、黛も高柳も大きく前のめりによろめいた。

（やられた！）

眼下に炎が広がり、無数の破片が飛びちる。そのいくつかは艦橋を叩いて、異音を響かせた。

『利根』は四基の二〇・三センチ連装主砲塔すべてを前部に集中配置しているが、その最後部の四番主砲塔が爆砕したらしい。

「被害報告！」

黛は叫んだが、運よくそれ以上被害が広がることはなかった。

日本海軍の巡洋艦は、防御力よりも攻撃力を重視して設計されている。主砲塔は数多く積むことを優先して、重量軽減のために砲塔の装甲は薄弱なものにとどめている。

そのなかで働く砲員には気の毒なことだが、被害軽減という意味では、これが幸いした。

砲塔そのものが爆裂したことで、爆圧や炎が艦外に拡散して消えたのである。

「目標の後ろに新たな艦影。駆逐艦らしい。敵戦艦、発砲！」

敵も第八戦隊が無視できない相手と警戒を強めたようだ。敵戦艦も主砲以外を向けてくる。

向かってくる敵弾が、いっきょに増す。

まばらだった至近弾が相次ぎ、水中爆発の衝撃が断続的に艦底を叩く。

「左舷中央に至近弾！」

「後檣に直撃弾！」

さらに、眼下から再び強烈な閃光が射し込む。

「三番主砲塔に直撃弾。砲塔全壊！」

『利根』も確実に体力を奪われていく。

「右舷艦尾に至近弾！　缶室に浸水」

黛は高柳を一瞥した。

機関の損傷は艦に重大な影響を及ぼす。

攻撃力は健在でも速力が鈍れば、敵戦艦に肉薄雷撃をかけるなど、夢物語で終わってしまう。

今のところまだ目に見える影響は出ていないが、缶室の浸水が激しくなれば、その時点で『利根』は脱落を余儀なくされてしまう。

「目標との距離は？」

「一〇〇《ひとまるまる》です」

敵重巡との距離は一万メートル、敵戦艦との距離は一万五〇〇〇メートルあまりといったところだ。

黛は再度高柳を一瞥した。

その視線を感じた高柳は深く息を吐いて、瞑目した。

言葉はいらなかった。「敵の出迎えが激しくなってきました。このままでは艦がもたないかもしれません」という黛の報告に、「辛抱するしかあるまい」という高柳の返答だったのである。

黛もうなずいた。

日本海軍自慢の酸素魚雷は戦艦の主砲弾なみの長射程をもつが、遠ければ遠いほど到達までに時間がかかって、その間に目標も動くために、命中精度は低くなる。

また、長射程とするためには、魚雷の速度を絞って航続力を長くする必要があるので、なおさら命中率が下がることになる。

必中を期すには五〇〇〇、できれば三〇〇〇メートルまで迫っての雷撃が必要との水雷長の進言があった。

一万五〇〇〇メートルという遠距離からの、および腰の雷撃など、まず命中は期待できないだろう。

『利根』『筑摩』二隻合計での雷装は、片舷三連装二基ずつ計一二射線と雷数が少ないので、なおさらである。

ここで、魚雷を投げすてて遁走するという選択肢はなしだ。

五〇〇〇メートルの射点まで艦がもつかどうか、運を天に任せて前に進むしか……ない！

「右舷後部に直撃弾。カタパルト損傷！」

「左舷中央に直撃弾。一番高角砲塔全壊」

さらに、艦首真正面にも敵弾が飛び込む。旗竿が持っていかれ、日本海軍の軍艦であることを示す菊花紋章も跡形もなくもぎとられた。

『筑摩』も似たり寄ったりの状況のようだ。

背後から射す赤い光は、確実に明るさを増している。それでも高柳は戦隊を進めさせた。

黛も粛々と前進を命じたままだ。

「敵戦艦との距離、一万を切りました」

高柳に向けて、黛は無言で顎を引いた。

『利根』は最大速力三五ノットの韋駄天である。これは一〇〇〇メートルの距離を一分あれば詰められることを意味する。

（あと五分耐えられれば）

艦は敵弾にいたぶられつづける。被弾のたびに基準排水量一万一二一三トンの艦体は震え、断片が艦上構造物を叩き、爆炎が甲板を舐める。

鋭利な断面の破孔が各所に顔を覗かせ、大型の誘導煙突も引きさかれる。

「敵戦艦との距離、八〇！」

直後、眼下で再び派手な炎が踊った。

轟音が両耳からねじ込まれ、黒色の物体が目の前に迫った。

「伏せろ！」

黛は近くの者たちの背中を押し、自らも咄嗟に身を低くした。

けたたましい音を立てて艦橋の防弾ガラスが割れ、鋭い音を立ててなにかが頭上を通過した。

鈍い金属音を伴って、大量の塵埃が降りかかった。小さな断片も飛びちったのだろう。切り傷の鋭い痛みが複数箇所から襲ってくる。

「司令官、ご無事ですか」

「あ、ああ」

高柳も九死に一生を得た様子だった。

頭から血を流しているものの、命に別状はないようだ。軍装の一部は焼け、吹きとばされた帽子はずたずたに引きさかれている。

身をかわすのが一瞬でも遅かったら、首を持っていかれていたかもしれない。

「あれか」

なにが起こったのかは、すぐにわかった。

艦橋の背面に太い金属棒が突きささっていた。

被弾によってもぎとられた二番主砲塔の砲身一本が、あろうことか艦橋に向かって飛んできたのである。

「衛生兵！」

負傷者を運びだし、伝令が入れ替わる。

床面が鮮血で汚れ、もう息がない者もいたが、生きのこった者は感情を殺して淡々と処置にあたる。

戦闘艦艇である以上、こうした状態も想定のうちだ。

「司（令官）」

「もう少し、踏んばれるな」

口にしかけたところでかけられた高柳の言葉に、黛は自身を恥じた。

そろそろ限界で雷撃開始もやむなしと進言しようとした黛だったが、高柳の胸中にはそんな考えなど欠片もなかったのだ。

肉を切らせて骨を断つ——そうした強い覚悟は、この場になっても揺るがなかったのである。

「本分を尽くします」

出血箇所近くを縛って、黛は前を向いた。

『利根』の主砲塔も、ついに最前部の一基を残すだけになってしまった。

だが、奇跡的に機関は無事で、浸水も少ない。

ほぼほぼ全速航行は可能だった。

(耐えてくれ。なんとかもってくれ)

黛は胸中で自艦に語りかけた。

無理を承知で言っているという自覚はある。力尽きるときはともにいこう。一蓮托生、一心同体。艦と運命をともにする覚悟を、黛も決めていた。

覆っていたガラスがなくなったので、潮風がまともに艦橋内に吹き込んでくる。爽やかなもののはずがない。血なまぐさく、硝煙のにおいをたっぷりと含んだものだ。

「錨甲板に被弾！」

「右舷後部に至近弾！」

傷つきながらも、なおも『利根』は突きすすむ。

「敵戦艦との距離、七〇」

「『筑摩』、遅れます」

「そうか」

狼狽する何人かの参謀たちをよそに、高柳は前を向いたまま動じなかった。ただ、唇を噛んだ様子に、高柳の無念さが滲んでいた。

『利根』も着実に限界が近づいていた。

「敵戦艦との距離、六〇」

報告の声とほぼ同時に、この日四度めとなる光景が眼下に現出した。

火球が弾け、金属の引き裂き音が轟く。

一番主砲塔が潰されたのだ。

これで、ついに『利根』は主砲火力のすべてを喪失した。もっとも、このままでは終われない。

「命中！」

「命中！」

「目標、大火災。沈みます」

黛は深く息を吐いた。

『利根』はただでは終わらなかった。爆砕前に放った二〇・三センチ弾二発が、この土壇場で目標の息の根を止めたのだ。

まさに、執念の一撃だったと言っていい。ただ、もはや『利根』には敵を牽制するだけの火力もない。『利根』はただただ敵の砲撃を浴びるだけの、的でしかなくなったのである。

しかし、ここで諦めるわけにはいかない。「なんとしてでもやり遂げる」と、黛の双眸はなお一層鋭さを増していた。

手足の出血は止まる様子がなかったが、集中力が痛みを遠ざけていた。

「水雷長、雷撃準備いいな?」

「敵戦艦との距離、五五!」

その後も被弾の衝撃がなくなることは、けっしてなかった。艦橋をかすめた一撃が背中からけたたましい金属音をぶつけ、破孔となった一、二番主砲塔の脇への直撃弾が、上甲板を引きはがして、バーベットをあらわにする。

艦内外で発生した火災は、もはや鎮火の見込みがなく、雷撃が先か航行不能になるのが先か、の状態だった。艦内電話は不通となり、伝令もどこかで立ち往生もしくは戦死したのか、被害状況の報告も届かなくなっていた。

艦の傾斜は徐々に進み、速力も鈍ってきたようだ。内務班は必死に復旧作業を進めているはずだが、対処が目に見えて追いつかなくなってきたということだ。

だが、もう少しだ。

闇のなかに溶け込んでいた敵戦艦の艦影も、はっきりと認識できるまでになってきている。

「『筑摩』、遅れながらも続いてきます」

「よし」

高柳は力強くうなずき、顔についた血糊を拭った。拭っても拭っても、頭から流れてくる。このまま出血が続けば、失血死するか、その前に意識を失うかだ。それはいい。雷撃を見届けるまでもてばいい。

高柳は刺しちがえる覚悟だった。

「面舵一杯。雷撃、はじめ！」

黛は叩きつけるように命じた。

振りかえった高柳が、「よくやった。よく我慢した」とばかりに、大きくうなずく。

『利根』が艦首を右に大きく振っていく。

「勝った！」

そう思った瞬間、これまでに経験したことのない熱風が艦橋内に吹き込んだ。

視野が赤一色に染まり、目をしばたたいているうちに、天地が逆になったかの感覚を覚えた。痛みや痺れはなかった。それらを感じる間もなく、赤い視野が白色にかき消され、すぐにそれも失われていく。

高柳と黛らの意識はそこまでだった。

戦艦『モンタナ』の放った一六インチ弾が、『利根』を爆沈に追い込んだ結果だった。


第六戦艦戦隊――戦艦『モンタナ』『オハイオ』の二隻は無理に砲戦を続けることなく、戦闘海域を離脱した。

（やはり、一筋縄ではいかなかったか。これが敵の底力というやつか）

勝てそうな戦いだったために悔しさが倍増しそうなものだったが、戦艦『モンタナ』艦長フランクリン・ヴァルケンバーグ大佐の様子は、意外なほどにさばさばしたものだった。

簡単に勝てる敵ではない。その敵をあそこまで追いつめた。

ヴァルケンバーグとしては、むしろ手応えを得て、次の戦いに期待がもてると評価できる戦いとみていた。

これまできりきり舞いさせられるばかりだった『ヤマト』と互角以上の戦いができた。次こそ「決戦」になると、ヴァルケンバーグの闘志は燃えさかっていた。

「『オハイオ』、浸水止まりました。速力二三ノットまで回復したとの報告です」

第六戦艦戦隊指揮官ロバート・ギフェン少将は、報告を受けても不満気だった。

『モンタナ』も同じような状況にある。敵の追撃から逃れるくらいはできるだろうが、それに安堵するよりも、大魚を逸したという思いのほうが強かった。

第六戦艦戦隊は敵戦艦のなかから『ヤマト』一隻を吊りだして集中砲火を浴びせることに成功した。

モンタナ級戦艦はノースカロライナ級、サウスダコタ級らから、三連装主砲塔を一基増設して一六インチ砲を一二門に強武装化した艦であることに加えて、二対一の数的有利な条件で『ヤマト』と撃ちあう構図に持ち込んだのだ。

砲戦は有利に進み、これまで手も足も出なかった『ヤマト』に確実にダメージを与え、火災の炎も背負わせた。

もちろん、一八インチもしくは二〇インチ相当の砲を積んでいて、それに呼応した装甲も備えると予想されている『ヤマト』を一撃で沈めることは叶わなかったが、それでもじわじわと『ヤマト』

を弱らせ、このまま砲戦を続ければ、いずれ『ヤマト』を大洋というキャンバスに這わせることもできるという期待感を持たせる戦いだった。

ところが、敵巡洋艦戦隊の決死の雷撃がそれを阻んだ。

重巡二隻が自らの犠牲をいとわずに雷撃を敢行して、『オハイオ』に二本の魚雷を命中させたのである。

それで『オハイオ』が沈むことはなかったが、浸水による速力低下と、それ以上に傾斜による射撃の狂いがギフェンを悩ませた。

ここで息を吹きかえした『ヤマト』の砲撃によって、『モンタナ』も喫水線下に二発を被弾して、『オハイオ』と同じような状況に陥った。

もたもたしているうちに、敵の本隊が戻ってこないとも限らず、ギフェンはやむなく砲戦を打ちきって撤退するよう決断したのだった。

「あれが日本人の精神性というものなのか」

ギフェンは地中海戦線から転身してきた身であって、太平洋戦線では初陣だった。同じ敵艦隊とはいっても、緩慢なイタリア艦隊とはまるで違う。士気、戦意ともに高く、統制がとれ、最後の最後まで勝負を投げださずにかかってくる。

ギフェンはそんな印象を日本艦隊に抱いたのだった。

「そうです。だから、なおさら手がつけられない連中なのですよ」

「受けいれがたいものだな」

ヴァルケンバーグの答えに、ギフェンは忌み嫌うようにうめいた。

「死を恐れない。目的を達するためならば、命さえ投げだすというのか」

「日本人にとっては、死は美徳でさえあるのです。主君を守るためならば、いつでもすすんで命を投げだして死を受けいれる。忠義はなににも優る。絶体絶命の場面でも、捨て身で立ちむかってくる。ただ、手強いだけではない。しぶとい。しつこい。執念深い」

「厄介な敵だな」

こうしてはじめて、ギフェンは小国日本が大国アメリカに挑んできた理由がわかったような気がした。

ふつうならば、誰が見ても勝算の乏しい戦いである。

そんな勝てる見込みの少ない戦争を始めるなど無謀なことだったが、日本人は真っ向から受けてたった。

連中にとっては、たとえ生きながらえるためでも、ひれ伏すことは悪、たとえすべてを失うことになろうとも、不当な要求には屈しない。自らの主張を曲げずに貫く。

そして、信義、忠義は命にも優る優先事項なのである。

（我が国は戦う相手を間違ったのかもしれん）

複数の敵を見たギフェンの、それが本音だった。

敵が去っていく。

一様に安堵する部下たちの表情が、苦しかった砲戦の様相を物語っていた。

戦艦『大和』砲術長永橋為茂中佐にとって、反省の多い戦いだった。

モンタナ級戦艦がこれまで以上の強敵だったとしても、『大和』を脅かすほどの敵ではない。格の違いを見せつける。

そんな意気込みで永橋は砲戦に臨んだが、九対二四という門数の劣勢は、そこに疑問符をつけるものだった。

さらに、電探の損傷によって、『大和』ははっきりとした劣勢に追い込まれた。

第八戦隊が身を挺して雷撃を成功させてくれなかったら、『大和』も深刻な打撃を被っていたかもしれない。

そして、永橋としてようやく納得のいく砲撃ができたのが、最後の最後だったのは猛省すべき点だった。

第八戦隊の雷撃に続いて、『大和』はついに『モンタナ』に水中弾を叩き込むことに成功し、それを撃退したのである。

射距離と弾道、落角と弾着の位置。

主砲弾に海面下を走らせて、目標の喫水線下に命中させる水中弾を、永橋はこの土壇場でようやく実現させてみせたのである。

砲戦序盤からできていれば、第八戦隊の犠牲も出さずに済んだかもしれないと、永橋は自分を責めた。

そして、羅針艦橋にいた『大和』艦長松田千秋大佐と連合艦隊司令部参謀長中澤佑少将は第八戦隊の壮絶な最期に、永橋以上に自身の不甲斐なさに怒りと失望を禁じえずにいたのだった。

第八戦隊司令官高柳儀八少将と重巡『利根』艦長黛治夫大佐の決死の行動は、『大和』に対する愛情の深さを感じさせずにはいられなかった。

松田と中澤の双眸からとめどなく溢れる涙は、しばらく止まることはなかったのだった。

第五章　終結への一手

一九四四年一〇月七日　東京・霞ケ関

政治は、一寸先は闇と言われる。戦争もそう。偶然はない。偶然に見える突発的なことも、必ず必然となる理由や経緯がある。

世界各地で戦線は膠着しかけているように見えたが、だからこそ政治が動く。

終戦へ向けて、世界は急速に動きだしていた。

「大本営もまとまったか」

大きく息を吐きながらも、軍令部総長永野修身大将の表情は、緊張感に満ちていた。

望む方向に進んだ安堵感はあったものの、それで事が済んだわけではない。

次の作戦がうまくいかなければ、なにもかも水泡に帰すことも考えられる。一瞬たりとも気が抜けない状況には変わりはない。

むしろ、本当の意味での正念場が来たと考えるのが妥当だろうと、永野は思っていた。

対米戦に関して出番の少ない陸軍の発言力は乏しい。陸軍の一部には中途半端な和平は望まないという強硬な意見もあったらしいが、海軍の総意が優先される。逆にそれだけ、海軍の責任は重いという自覚が必要だ。

「大詰めか」

「大詰めにしなければ、いかんのですよ」

海軍大臣山本五十六大将は、政治と軍事の両面から発した。

「長期不敗体制など、夢のなかの話です。たしかに南方は押さえた。ですが、そこで産出された資源を内地に運び込む海上輸送路を、長期にわたって守りきることなどできない。

それは、ＦＳ作戦後の補給路破綻を見ても明らかです」

「もっともな話だ」

山本と永野は意見の一致を見ていた。

「時間は我々には不利に働きます。沈めても沈めても、敵は新造艦を前線に出してくる。いずれ、戦力は逆転し、我々は追いつめられる。そうなる前に、決着させせねばなりません」

「わかっているよ。そのための作戦だからな。有利な条件での講和を引きだす。敵の継戦意欲を徹底的に削ぐ。我々海軍も、それこそ存亡をかけた戦いということだ」

決意と覚悟の光が、二人の瞳に宿っていた。

そして、山本の胸中にはもうひとつ、重大事項が隠されていた。

極秘裏の閣議で決定された、日独伊三国同盟からの脱退だった。

ソ連の必死の抵抗に遭って、首都モスクワ陥落、ソ連崩壊とはいかなかったものの、ドイツは東部戦線で踏みとどまっていた。

西部戦線は米英とも打開の糸口を探れずにいる。

連合国と単独講和を結んだイタリアに連合国は進駐したものの、イタリア北部はドイツの後ろ盾で樹立された親ドイツ政権が頑強に抵抗し、連合国によるイタリア全土の占領はまだまだ見とおしも立たずにいる。

これらに業を煮やしたのは、フランスの亡命政府である自由フランスだった。

　自由フランスの悲願は言うまでもなく本国の解放であって、ナチス・ドイツの排除である。

　そこで、自由フランスは太平洋に目を向けた。アメリカもイギリスも、日本と戦争などしている場合ではない。真に危険なのは、真に打倒すべきは、ナチス・ドイツであるとわかっていないのか？

　自由と正義の旗手を標榜するアメリカならば、賢明な判断をここで下すべきである。

　自由フランスは、公然と対日講和を米英に迫ったのである。

　もっとも、大陸反攻が進まないからという独善的主張には、イギリスは理解こそすれど、アメリカには反発する声も少なくなかった。

　一部の軍人からは、「自分たちはフランスを助けるために戦争をしているのではない。むしろ、太平洋戦線こそが隣国との争いで優先すべきものである」といった主張が出るのもうなずけた。

　しかしながら、欧州優先、太平洋が二次的というのは、アメリカの世論と議会の不変事項だった。

　そこには「操作」も入っていた。

　満州国の水面下からの働きかけ、もっとわかりやすく言うと、ユダヤ人組織のビジネスや選挙を盾に取った政治的圧力だった。

　ユダヤ人にとっては、ナチス・ドイツが行っているとされるユダヤ人の大量虐殺を止めることこそ、緊急かつ最優先の課題だったのである。

　そこで、アメリカ全土を揺さぶる「大事件」も起こった。

　アメリカを代表する全国紙であるワシントン・ポストに、突如「疑惑のマニラ湾事件」と、開戦の直接的きっかけとなった駆逐艦『マンリー』の沈没が、本当に日本軍の仕業によるものだったのか疑問があるとする記事が躍ったのである。

もちろん、これもユダヤ人情報網しかできない芸当だった。

ワシントン・ポストはニューヨーク・タイムズやロサンゼルス・タイムズほどの発行部数はないものの、一八七七年創刊の歴史ある、しかも首都の日刊紙である。

フランクリン・ルーズベルト政権はその火消しに追われ、対日戦の大義について、各方面から疑問も相次いでいた。

「日本が正しいとは言わない。だが、卑怯な手段や卑劣な嘘は、合衆国がもっとも恥ずべきことではないのか」と、世論が紛糾したのだった。

ルーズベルト大統領は元々の高血圧に心労も加わって体調を崩し、公務をこなすのが困難となっていた。

対日強硬化の急先鋒であったルーズベルトの退場は、対日厭戦というアメリカ世論の転換に、影響しないはずがなかった。

一九四四年一二月九日　ハワイ・オアフ島沖

決戦海域はオアフ島南方だった。

戦艦『大和』『武蔵』『信濃』『紀伊』の第一戦隊を中心とする連合艦隊は威風堂々、敵地にのりこんだのだった。

「こんなことになるのであれば、はじめからこうして一発勝負でけりをつけたかったものですな」

連合艦隊司令部参謀長中澤佑少将の表情は、わりきりとも苦笑ともつかないものだった。

困惑がないわけではない。だが、これで終わりと思えば、望ましい展開には違いない。

「これまでの経緯があってのことだ。ここで負ければ、これまでの苦労がすべて水の泡となる。我々は託された。責任は重大だ」

連合艦隊司令長官古賀峯一大将は、深く息を吐いた。

できればこんな役は引きうけたくなかったものだな――古賀の固い表情にそんな様子を読みとった戦艦『大和』艦長松田千秋大佐が後を継いだ。

「本艦の乗組員は皆意気軒昂としています。これまでと違って、陰謀、策謀の類はいっさいなし。正面対決の艦隊決戦で雌雄を決する。果たしあいに臨む剣豪の気分ですよ」

松田はあえて笑って見せた。もちろん、緊張はある。これが国の行く末を決めると思えば、過度にあるくらいだ。だが、今さら心配しても、不安を抱えても、どうなるものでもない。自分たちの準備してきたことを信じて戦うだけだと、松田は集中できていた。

連合艦隊が今回、軍令部から受領した作戦は簡潔に「ハワイ」作戦――敵母港ハワイ・オアフ島真珠湾に向けて進撃し、敵太平洋艦隊を撃滅せよという任務である。

これには政治も外交も関わっている。

水面下で対米和平交渉は進められているが、アメリカ軍のなかにはその決着を好ましく思わない者もまだ多い。

ここで決定的な勝利を得て、それらを黙らせることができれば、有利な条件で講和を結ぶことができるというのだ。

逆にここで敗れれば、和平とはいっても実質上の敗戦となり、日本にとってはかなり厳しい条件を呑まねばならないだろうとの予測だ。

開戦後の占領地からの完全撤退はもちろん、日本の勢力圏だったマーシャルやパラオはおろか、台湾、朝鮮も手放せとの話になる。

だから、敵もこの一戦を望んだ。彼我ともに艦隊決戦による最終戦を選んだのである。

白昼堂々、戦艦対戦艦の砲戦である。

「伊藤中佐には、せっかく増設してもらったのだがな」

松田は海軍技術研究所の伊藤庸二中佐の顔を思いだした。側頭髪を短く刈りこみ、丸縁の眼鏡をかけた学者風の顔である。

日本の電波兵器の第一人者である伊藤は、満州国の一大軍事総合企業である満州総産と協力して、有効な電波兵器を前線に供給してくれた。

捜索用の電波探信儀は、射撃向けの電波照準儀へと進化し、その電波照準儀も改良を重ねて、夜戦に大きく貢献した。

しかしながら、半年前の第三次ソロモン海戦で被弾、損傷により使えなくなったという戦訓から、従来二つだったそれを四つに倍増してきた。破損した場合は予備に切りかえ、代替運用できるように改修して『大和』は出撃してきたのである。

いささか急場しのぎである感は否めないが、すぐにできる対策として有効な手段には違いない。

昼戦となれば出番は少ないかもしれないが、そうした『大和』に関わってきた者たち一人一人のためにも勝利を届けたいと、松田は必勝を誓った。

「水平線上にマスト！」

よく晴れた日の日中だった。

水平線付近の大遠距離は、地球が丸いことによって平面ではないため、電探は不得手となる。電波は直進的にしか進まないためだ。

最近にしては珍しく、見張り員の肉眼がもっとも頼りになる状況だった。

「各艦、観測機射出。砲戦用意」

古賀は命じた。

いよいよ国の命運を賭けた一戦が始まる。

緊張は極限に達した。


一二門の一六インチ砲が、敵戦艦『ヤマト』に狙いを定めていた。

戦艦『モンタナ』『オハイオ』『アイオワ』『ニュージャージー』と敵戦艦『大和』『武蔵』『信濃』『紀伊』は同航戦で巨弾のぶつけ合いに入った。

戦艦対戦艦の昼間砲戦、しかも隻数でも同数となれば、必然の展開だった。

互いに逃げも隠れもしない。意地と意地のぶつかり合い。日米戦の勝敗を賭けた最終決戦として、これ以上ない舞台だった。

「パールハーバーでやきもきしているパイ提督のぶんも働かないとな」

第五一任務部隊第一群指揮官ロバート・ギフェン少将は、あらためて表情を引きしめた。

パイというのは、太平洋艦隊司令長官ウィリアム・パイ大将のことである。

戦艦対戦艦の砲戦が見込まれる日米戦の最終決戦に臨むにあたって、自ら出撃して陣頭指揮にあたりたいと申しでたパイだったが、それはワシントンの作戦部にあえなく却下された。

西部ポリネシア海戦（日本名サモア沖海戦）で、当時の太平洋艦隊司令長官ハズバンド・キンメル大将が戦死して以降、太平洋艦隊司令部が最前線に出向くことが禁止されたが、それはこの土壇場でも解除されることはなかったのである。

今回、艦隊の総指揮を執るのは、アナポリスでパイの一期下となる一九〇二年組のウィルソン・ブラウン中将であるが、ブラウン中将は将旗を重巡洋艦『インディアナポリス』に掲げて独立旗艦としているため、四隻の戦艦はギフェンに任されている。

せめて前線に出ている艦隊の総指揮官あたりは、司令部要員を引きつれて最大最強の戦艦に乗り込んできそうなものだったが、それも敵に狙われやすい目立つ艦には乗るなというワシントンからのお達しらしい。

その良し悪しはともかく、中心戦力たる四隻の戦艦を自分が思うがままに動かせることはありがたいと、ギフェンは好意的に状況を見ていた。

戦艦『モンタナ』艦長フランクリン・ヴァルケンバーグ大佐も、この点は同意見だった。

お偉方がぞろぞろと足を踏みいれてくるだけでも艦内に余計な緊張感が漂うところ、戦術的なことにもいらぬ口出しをされてはたまらないという思いからである。

そういう意味でヴァルケンバーグにとっても、現実は好ましい。

ヴァルケンバーグは砲撃目標とした敵一番艦を睨みつけた。

敵信傍受によって、それは宿敵『ヤマト』と判明している。

二年四ケ月、ガダルカナル島沖で砲火を交わして以来、常に自分たちの前に立ちはだかってきた敵の最大にして最強の戦艦である。

その口径一八インチと目される巨砲によって、

これまでにどれだけの僚艦が暗い海底へ沈められてきたことか。

ガダルカナル島沖ではアイザック・キッド少将、サモア沖ではハズバンド・キンメル大将と、指揮官が戦死するのも目の当たりにさせられてきた。

アメリカ太平洋艦隊にとっては、天敵とも言える『ヤマト』を今度こそ沈めてみせる。

『ヤマト』撃沈に執念を燃やすヴァルケンバーグにとっても、今回の戦いはもう二度とめぐってこないチャンスかもしれない特別なものだった。

「日本海軍はたしかに手強い。『ヤマト』も驚異的な相手ではある。だが、まったく歯が立たない相手でもないこともわかった。

この前は巡洋艦の邪魔が入ったが、今回はきっちりと仕留めたいものだな」

ギフェンの言う「この前」とは、半年前のテテパレ島沖海戦（日本名第三次ソロモン海戦）のことである。

ここで、ギフェンは地中海戦線とはまったく異なる太平洋戦線のシビアさと、日本海軍の恐るべき士気の高さを思いしらされた。

だが、その一方で、それまでまったく手も足も出なかった敵戦艦『ヤマト』に対して、モンタナ級戦艦二隻であたれば勝機もあるとの手応えを得たのだった。

『ヤマト』もけっして完全無欠の戦艦ではない。一六インチ弾では対一八インチ弾装甲と予想される『ヤマト』の主要装甲を一度で撃ちぬくことはできないかもしれないが、執拗に一八インチ弾を浴びせつづけることによって、『ヤマト』の鉄壁の防御にも綻びが生ずる。

主要装甲がたとえ無傷であっても、『ヤマト』

は傷つき、傾き、正常に行動できなくなる。

それをギフェンらは自身の目で確認したのである。

溶接部の破断や副装備の破壊が大きく影響したのではないかとの説も流れたが、確証がないとの理由で、それに特化した戦術や装備は見送られている。

しかしながら、『モンタナ』と『オハイオ』が『ヤマト』を苦しめたことは事実なのだ。

あのときはトネ・クラスの巡洋艦二隻の身を挺した雷撃に横槍を入れられる格好となったが、それがなければ『ヤマト』を撃沈まではいかずとも、行動不能に追い込むくらいまではいけたかもしれない。

敵水雷戦隊の雷撃は強力である。よって、今回は過去にも増して、戦艦戦隊には巡洋艦と駆逐艦の護衛がこれでもかというくらいに付いていた。

それで、戦艦は安心して敵戦艦との砲戦に専念できる。

「それにしても、昼戦だし、敵は大遠距離砲戦を挑んでくると思ったがな」

主砲の射程距離は自分たちのそれを凌駕しているのは確実だ。なおかつ昼間の砲戦となれば、測的も容易なため、敵はこちらの届かないアウトレンジ攻撃を仕掛けてくるのではないかと、ギフェンは予想していた。

しかし、敵はその予想に反して、距離を詰めながら砲撃してきている。

すでに彼我の距離は三万メートルを大きく割っている。『モンタナ』や『アイオワ』から見ても、撃ちごろの距離である。

「最大射程での射撃など、まず命中は望めません。敵は命中率の低い消耗戦を避けたのかもしれません。我々にとっては好都合です」

ヴァルケンバーグは、そこで視線を跳ねあげた。

あいにく艦内のCIC（Combat Information Center・戦闘情報管制センター）においては目標を直接視認することは叶わない。

レーダーをはじめとした電子機器の発達と、それに伴って桁外れとなった情報を一元管理するための措置である。

味気ないとは思うものの、やむをえない。これも時代の流れだと、ヴァルケンバーグは理解していた。

「命中！　敵一番艦に火災の炎を確認」

「敵二番艦にも命中弾」

「オーケイ」

ギフェンはヴァルケンバーグと顔を見合わせて、うなずきあった。

砲戦は優勢に進んでいる。敵は各艦別個に目標を割りあてたようだが、自分たちは一、二番艦に二隻ずつと二対一の構図で砲戦を進めている。

命中率を同等とした場合でも倍の命中弾を、文数比を考慮すれば三倍近い命中弾を得られることになる。

その計算どおりの戦況となっていると、ギフェンもヴァルケンバーグも自信を深めていた。

数は……力だ！

『モンタナ』もけっして無傷ではないものの、重要箇所への被弾はなく、戦闘、航行に支障はない。

閃光や炎を視覚として認識はできないものの、CICにいても伝わってくる衝撃で、発砲の感覚を得ることはできる。

ヴァルケンバーグの脳裏には二八二メートルと、

以前乗艦していた『アリゾナ』と比べて四割ほども長い艦体から、前後各六門もの一六インチ砲を猛らせる『モンタナ』の姿がはっきりと映っていた。

電波兵器の性能では一歩先をゆく日本海軍だったが、情報管理という意味ではアメリカ海軍に先見の明があったかもしれない。

連合艦隊司令部の面々および各艦の艦長らは、昔と変わらず艦橋構造物の上層にある昼戦艦橋で指揮を執っていた。

もちろん、電探室に入って指揮を執ることも可能だが、各艦の艦長は自身の目で戦況を確認しながら指揮を執ることを好んだ。

そして、光学的弾着観測を任務とする砲術長の定位置は、艦橋最上部の射撃指揮所に変わりはなかった。

戦艦『大和』砲術長永橋為茂中佐は、黙々と自身の役割をこなしていた。

戦況ははっきり言って、押されぎみである。

艦長松田千秋大佐は目の前の状況如何に関わらず、予定どおりにすればいいと言ってくれたが、「大丈夫か」「もっと、しっかりせい」などという外野たる連合艦隊司令部の参謀たちの声が、自分にまで届く気がした。

もっとも、だからといって、それを気にしても仕方がない。一喜一憂せずに、信じて行うだけだ。ぶれるのが一番まずいのだ。と、永橋は理解していた。

現在、第一戦隊の『大和』『武蔵』『信濃』『紀伊』は敵戦艦四隻とハの字を遡るようにして同航砲戦を進めている。

射程に優る自分たちだが、むしろ距離を詰めにかかっているのは自分たちのほうである。

もちろん、理由がある。

「近、近……近」

『大和』の射弾はいずれも目標——敵一番艦『モンタナ』の手前に白い水柱をあげて終わる。

高々と水柱があがった際は、「今度こそやったか」と思うものの、水柱が崩落すると『モンタナ』は何事もなかったかのように姿を現す。

ワシントン軍縮条約明けに建造されたアメリカの新型戦艦に特有の先細りの塔状艦橋構造物と、一六インチ三連装砲四基を載せた長大な全長と直線的に上向く艦首、そしてパナマ運河通行を断念した、三七メートルにおよぶ大和型戦艦に匹敵する幅の広い全幅から成る艦体は健在である。

「敵艦との距離、二、四、〇」

代わって、敵弾が降りそそぐ。

発射速度に優れ、弾数も多いため、感覚的には絶え間なく襲ってくる印象だ。

幸いにも『モンタナ』の一二発はすり抜けることができたものの、『オハイオ』の一二発のうち、一発が命中する。

被弾の衝撃に艦が震え、金属的な叫喚が鼓膜を叩く。錨甲板にある二本の錨鎖と反りあがった艦首も激しくぶれる。

爆風に跳ねあげられた金属片は褐色の煙にまじって、射撃指揮所の高さまで達してくる。

「左舷中央に直撃弾！　一番、三番高角砲塔損壊」

その凶騒が収まらないうちに、敵弾が続く。

「右舷中央に直撃弾！　バルジ損傷」

「右舷艦首に直撃弾！」

「後檣に直撃弾！　副射撃指揮所損壊」

「消火急げ！」

「左舷注水。傾斜復元、急げ！」

林立する水柱に囲まれ、のしあげた海水に一、二番主砲塔間の大和坂を洗われながらも、『大和』も果敢に反撃する。

太く長い砲身が海水を滴らせながら微動し、発砲の爆風が火災の煙を吹きとばす。

致命傷はまだないが、『大和』の水上艦としての在命は着実に削られている。

（砲術長を信じるだけだ）

ややもすれば、「第三次ソロモン海戦のときと同じではないのか」との危機感がよぎるところだが、主砲を実際に撃つ最終担当者たる方位盤射手――三矢駿作特務少尉は粛々と自分の役割をこなしていた。

（ここまできたら、じたばたしても仕方がない。勝利を信じて戦う！　それだけだ）

左耳から砲声が飛び込む。『武蔵』の咆哮である。

『武蔵』で同じ役割をこなす同期の池上敏丸特務少尉も奮闘しているに違いない。

同じく同期で飛行隊の土井《どい》聡《さとし》特務少尉も刻々と変わる弾着観測の結果を、可能な限り正確に、迅速に報告してきているはずだ。

皆の力を合わせれば、勝てないはずがない。

三矢は今一度、両手に力をこめ、歯を食いしばった。

「敵艦との距離、二、三、〇……二、二、〇」

（そろそろか）

永橋は弾着を凝視した。

『大和』の放った重量一・五トンの四六センチ弾が、敵一番艦『モンタナ』の手前に着弾する。

……が、艦橋を超えて高々と屹立する水柱がない。海面が揺れたようには見えたが、それだけだ。

物足りない。不発弾？　そうではない。派手な光景はやや遅れてやってきた。

「よしっ」

その瞬間、滅多に声を大にすることのない永橋も、思わず吼えた。

『モンタナ』の長大な艦体の右舷中央で、白濁した海水が弾けた。

激しく散る飛沫が陽光を反射して七色に輝く後ろで、『モンタナ』が二重三重にぶれて見える。

光に比べて音の速度は遅い。二万メートルの距離を音が伝わるには、およそ一分かかるため、被弾、被雷の轟音はない。

だが、永橋の双眸に映った光景は、間違いなく命中、被弾のそれだった。

左舷にのけぞる『モンタナ』の上甲板を激浪が襲って、洗っていく。

それまでの被弾によって上甲板に山積していた、半壊したカッターや折れた砲銃身、両用砲塔の残骸、高射装置やレーダー、マストの破片らが、無造作に海中へさらわれていく。

喫水線下には幅一〇メートルにわたって亀裂が走り、海水が奔流となって艦内になだれ込む。

日本海軍が砲戦の秘策として期待していた水中弾が、この極めて重要な場面でついに真価を発揮したのである。

海面に弾着と同時に被帽が外れた徹甲弾が、浅深度で海面下を直進して目標の喫水線下に命中するという水中弾効果を、日本海軍は二〇年も前に発見して、その特性に適した砲弾も開発してきたつもりだった。

しかし、期待されていたそれは、いざ実戦となるとなかなか効果を得られなかった。

無為に時間ばかりが過ぎていくかに思えたなか

でも、永橋はいずれ切り札として必要なときが必ず来ると予測して、研究を重ねてきた。

理知的な松田艦長にも助言と協力をもらいながら、失敗を繰りかえして得たのが、水中弾効果を得るには弾着時の衝撃と角度に一定の範囲の条件があるという結論だった。

遠距離射撃で落角が深いと、砲弾はそのまま海中深くにもぐってしまって水中弾とはならない。

逆に近距離射撃で落角が浅すぎても、今度は海面に突入した際の衝撃が小さくて被帽が外れず、水中弾道が不安定化して、これも水中弾とはなりにくい。

諦めずに射撃実験を繰りかえした結果として、永橋は『大和』の九四式四五口径四六センチ砲の場合は、常装薬で射距離二万メートル前後の場合に、水中弾が多発するということを突きとめた。

第三次ソロモン海戦の最終盤に『大和』が『モンタナ』に与えた水中弾も、この条件に合致していたことで、永橋は確信をもって今回の海戦に挑んだ。

それが実を結んだのだ。

「砲術より艦長。次より全門斉射に移行します」

「了解した。よくここまで我慢した。遠慮はいらん。我々の手で決着をつけるとしようか」

「はっ。本分を尽くします」

永橋は艦内電話の受話器を置いた。

艦長の声には安堵というよりも、ここでいっきに畳みかけろ、勝利を揺るぎないものにしてしまえ、という、あくまで先を見た気持ちを感じた。うちの艦長というのは、そういうお方だ。

ここまで苦しかったが、それを振りかえるのは後でいい。反省と戦訓分析は戦いを終えてからだ。

今やるべきは全力で敵を叩くこと、可及的速やかに目標を沈めることなのだと、永橋も前を向いた。『武蔵』も『オハイオ』に水中弾を見舞ったらしい。砲戦の主導権は完全に自分たちが握りなおした。勝利は目前だ。

永橋は力強く拳を握った。

非常事態を告げるブザーは鳴りやまなかった。

「浸水止まりません。左傾斜、復元の見込みなし」

「弾火薬庫への注水は成功するも、艦尾方向の火災は鎮火の目途立たず」

戦艦『モンタナ』には刻一刻と最期のときが迫ろうとしていた。

どっぷりと海水を飲み込んだ艦体は喫水を深め、左舷へ傾く艦内では移動すらままならない状態である。

主砲塔は一番、三番の前後一基ずつが残っていたが、三番主砲塔は弾火薬庫注水のため、一番主砲塔もこの傾斜のため、発砲不能に陥っている。

なんとか機関は無事だが、それも火災の炎がまわって運転停止となるのも時間の問題である。

「残念だが、ここまでのようだな」

第五一任務部隊第一群指揮官ロバート・ギフェン少将は見切りをつけた。敗北を認めるのは抵抗があるものの、ここであがいても事態が好転するわけではないと、ギフェンは正しく状況を理解して、冷静な判断を下したのだった。

「艦長、総員退去を命じたまえ。この艦はもう長くはない。気に病むことはない。艦長以下、乗組員は力を尽くしたのだと私は見ている。恥ずべきことではない」

「…………」

ねぎらうギフェンの言葉にも、戦艦『モンタナ』艦長フランクリン・ヴァルケンバーグ大佐の口は固く閉ざされたままだった。ただ、引きつり、時折痙攣するように震える表情に、ヴァルケンバーグの無念の感情が滲みでていた。悔しい、情けない、不甲斐ない――そんな思いが複雑に絡みあいながら、ヴァルケンバーグの胸中で渦巻いていた。

（あれが敵の秘策、秘密兵器だったのか）

序盤、優勢に砲戦を進めたのは間違いなく自分たちだった。

テテパレ島沖海戦（日本名第三次ソロモン海戦）の戦訓から、自分たちは同数の同航戦でありながら、あえて二対一の数的有利な条件をつくって、敵一、二番艦――『ヤマト』『ムサシ』に砲撃を集中した。

狙いは的中して、『ヤマト』『ムサシ』は被弾を重ねて確実にダメージを負っていった。

一発KOのパンチはなくても、しつこく執拗にジャブとボディー・ブローを繰りかえすことで、相手の体力を削っていく。

その戦術は正しく、『ヤマト』も『ムサシ』も炎を背負い、黒煙を引きずって、いずれは力尽きる。沈められないまでも、行動不能に陥れるまでは可能だと、ヴァルケンバーグでなくとも多くはそう期待を抱く展開だった。

しかし、文字どおりに「一発」が流れを変えた。魚雷のように海中を進んだ敵弾が、喫水線下の装甲をぶち破ったのである。

水上艦にとっては、喫水線下の被弾がもっとも怖い。水上に出ている部分の被弾は命中箇所とその周辺が破壊されても、艦体そのもののダメージが少なくて済むが、喫水線下では艦体が直接傷つき、被弾、爆発の損害に加えて、もっとも避けねばならない浸水の被害を生むことになる。

それが起こった。

しかも、敵ははかったように、その魚雷のような命中弾を続けざまに叩き込んできたのだった。

テテパレ島沖海戦最終盤の被弾は偶然ではなかった。敵はこの種の戦術と、それに適した射法や砲弾の研究開発を進めていたに違いない。

手にしかけていた勝利は、ヴァルケンバーグの手から、するりと抜けおちていったのである。

(終わったな)

ヴァルケンバーグは胸中でつぶやいた。

もう、『ヤマト』と戦う機会は自分には永久に訪れることはないだろう。

出撃前に、この海戦が対日戦の最終決戦になるだろうということは聞かされていたし、仮に対日戦が続いたとしても、敗北を繰りかえした自分はいよいよお払い箱となるはずだ。

自分は『アリゾナ』『ノースカロライナ』、そして『モンタナ』と、アメリカ海軍で考えられる最高の艦を預かってきたが、『ヤマト』打倒という目標はついに果たせずに終わったのだ。

『ヤマト』『ムサシ』に撃ちまけたことは戦隊としての戦いにも、甚大な負の影響をもたらした。

敵の三、四番艦に自由に撃たれるままとなった『アイオワ』と『ニュージャージー』は徹底的に叩かれ、『アイオワ』はあえなく撃沈され、『ニュージャージー』はかろうじて沈没こそ免れたものの、早々に戦線離脱を余儀なくされた。

そして、『モンタナ』に後続していた『オハイオ』は濛々とした黒煙を噴きあげながら、洋上に停止している。

砲戦は完敗だった。

アメリカ太平洋艦隊は日本海軍連合艦隊との決戦に敗れたのだ。

「さあ、我々も退艦しようか。必要とされればのことだが、艦隊の再建にあたって戦訓を伝えるのも重要な役割になるだろう」

「はっ」

ヴァルケンバーグは沈みゆく『モンタナ』のCICを後にした。

それが、ヴァルケンバーグにとって、対日戦最後の現場となったのだった。

エピローグ

一九四四年一二月二八日　呉

呉の街はいつも以上に賑わっていた。

もちろん、そうとなればなじみの小料理屋に、この三人も集結する。

戦艦『大和』と『武蔵』の方位盤射手を務める三矢駿作特務少尉と池上敏丸特務少尉、そして『大和』飛行隊観測班長土井聡特務少尉の三人である。

「では。生きてまた、こう顔を合わせられたことに祝杯といくか」

「なにを言っとる。俺は殺されても死なんと言っているだろうが」

土井の言葉に、池上が面白半分に噛みつく。

いつものことだが、それがこうして見られることが喜ばしいことなのだろうなと、三矢は微笑した。

（また生きて帰ってきたか）

三矢は生に執着するつもりはなかった。海軍に志願したときから、自分の命は海軍に預けたものと、三矢は考えている。

だから、犬死にはご免だが、死力を尽くしたうえで死に場所に来たのならば、そこまでとなるだけだと、三矢は出撃のたびに思っていた。

だが、自分はまたも生きて内地の土を踏むことができた。これはまだ、海軍や国への奉仕が足りないという天のお達しなのだろうと、三矢は解釈した。

そのとおりの命令が、すでに三矢には言いわたされていた。

「今晩はこうして飲めるとしてだ。明日慌てて戻って、すぐ出撃なんてことはないだろうな」

「それはない」

池上の視線に、三人のなかでは一番の情報通である土井が確信をもって答えた。

「いよいよ終戦だ。元々終戦を前提にした政府間交渉に入っていたらしかったからな」

「信じていいのだろうな」

池上は訝しげな笑みを見せた。一重瞼の目を斜めにして、薄い眉を揺らす。

明らかに故意だとわかっていながらも、土井がむきになって返す。

「貴様。疑うのか？　いつ自分の情報が間違っていた。言ってみろ。交渉がまとまった。ここで大規模な上陸が許されたのが、なによりの証拠だ」

土井の言葉には信憑性と説得力があった。土井は艦隊司令部あたりにも人脈を持ち、顔が広い。鉄砲屋の道を究めんとしている三矢と池上とはまた違った海軍人生を歩んでいる。

それは百も承知だ。自分たちの言葉の豪雨を浴びせて論破しようとする土井の様子を見て、三矢は微笑した。

オアフ島沖海戦と命名されたアメリカ太平洋艦隊との艦隊決戦に日本海軍連合艦隊は完勝して、停戦を実現させた。

欧州戦線が期待したほど好転していないこともあって、太平洋戦線――対日戦は継続すべきでないとのアメリカの国内世論が確定的なものとなって、それに押された議会、政府がついに政治決断を下したのだった。

一応、日本政府はドイツを含めた包括的な講和を持ちかけたものの、ドイツはそれを拒絶して、単独で戦いつづけようと強硬姿勢を崩していない。

それがまた、アメリカ政府が日本との和平に応じる一因となったのも、皮肉なことだった。

「なんだ。三矢との決着がついていなかったのにな」

池上は不満そうに口をとがらせた。

オアフ島沖海戦では、池上の『武蔵』がモンタナ級戦艦『オハイオ』を、三矢の『大和』が同じく『モンタナ』を撃沈して、戦果としては対等だった。

三矢に対抗心を燃やす池上としては、明確な「勝利」を得たかったのだが、それは叶わなかったのである。

「どのみち、自分は『大和』を降りることになったからな。射撃の競いあいはもうできんさ」

「なにい⁉」

池上は目を剥いた。

『大和』の方位盤射手といえば、叩きあげの鉄砲屋にとっては、これ以上ない職だ。それを放棄するなど、正気の沙汰ではないという、池上の表情だった。

「異動辞令か。どこに行くんだ？」

「横須賀の砲術学校で教官をやれと命じられた」

「ほう」

土井は感嘆の息を吐いた。

「それは栄転だな」

砲術学校とは、海軍の砲術指揮官や技官を養成する専門機関である。初級士官を養成する普通科に加えて、砲術の専門士官を養成する高等科、予備士官を養成する練習科と下士官養成の予科が揃っている。日本海軍の砲術教育の最高機関と言いかえることもできるところだ。

そこの教官となれば、ステータスは極めて高い。鼻高々というところだ。

「なんだ。内地の教官？　そんなもの断ってしまえ。つまらん」

「池上よ。貴様、なにもわかっていないようだな。術科学校の教官といえばだな」

再び土井が説教口調となった。

「俺は興味がないだけだ」

「興味がない。それが問題なんだ。貴様はいつもそうだ。海軍という組織をもっと理解してだ。狭隘な視野でいるとだな……」

「ところでだ」

口撃の連射が止まらない土井に、三矢が待ったをかけた。二重瞼の大きな目をしばたたく。

「ちょっと小耳に挟んだのだが、土井からもなにか聞けると思ったのだがな」

「なんだ。そのことか」

土井は咳払いして、二人の顔を見まわした。

「もっと驚かせてやろうと思ったが、三矢に先を越されたな」

土井は口元を緩ませた。

「五航艦に行くことにした。志願したんだ」

「五航艦？　……鹿屋か」

「そう。我が軍最大の基地航空隊の本拠地だ」

土井は三矢に向けて、力強くうなずいた。一心不乱に進もうとする、決意に満ちた男の顔だった。

「貴様らの引き立て役に甘んじるつもりはないのでな」

土井は野心めいた笑みを見せた。

「単発の艦載機には見切りをつけた。が、航空主兵の可能性は諦めていないのでな。中攻に画期的な機ができたと聞いている。そこで、もう一度賭けてみるつもりだ」

「中攻か。一度きりの人生だ。悔いなくやればいいさ」

「ああ。諦めることなくな。悪あがきでもなんでもとことんやってみるさ。それで駄目でも、悔いは残らん」

三矢と土井はうなずきあった。互いに信じる道を進めばいい。望みを燃やし、力を試す。それが、男のロマンというものだ。

「三矢が横須賀、土井が鹿屋か。寂しくなるな」

「なに。会おうと思えば、いつでも会えるさ。生きているかぎりな」

寂寞《せきばく》とした息を吐く池上に、三矢は答えた。

自分たちは天に生かされた。次の役割をこなせと。それが、天命というものなのだろう。

「互いに、『ここに我あり』と名を轟かせてやろうか」

「ああ。そうしてやるさ」

「もちろんだ」

池上の発声に、三矢と土井が続き、三人はしばし互いの決意を確かめあった。

信頼と尊重から成る固い絆で結ばれた三人の表情は、実に晴々としたものだった。


即席の祝勝会だった。

ベタ金の階級章を付けた将官が飲む場所ならば、もっとふさわしい場所が……となるかもしれないが、参集した者たちを見渡せば、これ以上ないふさわしい場所に違いなかった。

「さあさあ。追加のものを持ってきましたよ」

砲術科の若手を引きつれてやってきたのは、戦艦『大和』砲術長永橋為茂中佐だった。

「するめに落花生、刺身もたっぷり」

「おっ。いいものがあった。これは珍味」

戦艦『大和』艦長松田千秋大佐が手にしたのは、牡蠣の干物だった。瀬戸内海名物の牡蠣とはいえ、燻製は広く出まわるものではない。内地にいるのだなと実感できる代物だった。

「艦長、俺にもくれ」

連合艦隊司令部参謀長中澤佑少将の手も伸びる。ひったくるようにして取ったそれを、すかさず口に放り込んで、うまそうに噛む。

「たまらんな、この味。……それはいいとしてだ。牧野《まきの》さん、よかったのですか？　こんな場所で宴会などして」

「いいのですよ。昼夜兼行の突貫工事はもうしばらくないのでしょう？　この改装工事は自分が責任者です。夜に手を休めているときに、なにをしようと文句なしです。それに」

呉海軍工廠で主任技師として辣腕を振るう牧野茂《しげる》大佐は、横に休む巨艦を見あげた。

「『大和』もいっしょに飲みたいでしょうから」

「そうですな」

「まったくだ」

一同は異口同音とばかりに微笑んだ。

「『大和』は頑張りましたな」

「『大和』がなければ、この戦勝などありえませんからな」

目を細める牧野に、中澤が続いた。

「週明けにも日米両政府から、正式に終戦の発表がなされます。当面、戦はないと確信しての『大和』の船渠入りでしたし。緊急の抜錨、出撃は間違ってもありません」

「それはよかった」

「なによりです」

牧野の後ろから、軍令部第二部員江崎岩吉《えさきいわきち》中佐が顔を出した。

牧野と江崎――『大和』建造に汗を流した者、中澤と松田――『大和』の基本構想策定に頭を悩ませた者、そして永橋ら『大和』をうまく使いこなした者たち……さながら『大和』に関わった男たちの同窓会のようだった。

これが戦後の、『大和』誕生の経緯と戦績、時代背景と戦争の反省、命の尊さ等々を伝えることを目的とする「大和会」結成へとつながっていく。

「しかし、よく集めましたね。これだけの面々を。これも牧野さんの人望というものですな」

「いやいや。これは江崎中佐の手柄ですよ。名目上は『大和』の改装工事の打ちあわせということになっていますから」

牧野と江崎は頭をかいて笑った。

牧野、江崎、中澤、松田、永橋……それ以外にも満州総産のヤコブ・ローゼンベルクや海軍技術研究所の伊藤庸二中佐の姿もあった。

「ヤマトに賭けた男たち」の結集だった。

「なにせ、ローゼンベルク殿はオアフ島沖海戦勝利の陰の立役者ですからなあ」

永橋はローゼンベルクの左腕を掴んで、高々と掲げた。

「オヤクニタテテ、ナニヨリデス」

ローゼンベルクは日本語で応じた。もう、ローゼンベルクは日本語に不自由しないらしい。

オアフ島沖海戦勝利は、水中弾なしには語れない。戦艦の主砲に用いる大口径弾を魚雷のように走らせる水中弾の開発と改良に、ローゼンベルクは足かけ一二年を費やして、それが見事に花開いたのがオアフ島沖海戦だったのである。

「あらら。自分は無視ですか」

「そう、卑屈になるなよ」

伊藤の背中を、松田が軽く二、三度叩いた。

「貴官の開発した電探がなければ、第三次ソロモン海戦で本艦は沈んでいたかもしれん。自分が明言しようじゃないか。貴官こそ、あの海戦の最大の功労者だ」

中澤が継ぐ。

「いやあ、ここにいる誰一人が欠けても、この戦勝はなかったはずだ。今晩はおおいに祝杯といこうじゃないか。ありがとう。そして、おめでとう！」

一同はあらためて、盃を高く掲げた。


ただ、忘れてはならないこともある。

「あの二人にも見せたかったですね。今の状況を」

「高柳少将と黛大佐か」

「はっ」

中澤を前に、松田は唇を噛んだ。

『大和』の初代艦長と初代副長兼砲術長として活躍した高柳儀八少将と黛治夫大佐は、それぞれ第八戦隊司令官、重巡洋艦『利根』艦長として、『大和』とともに第三次ソロモン海戦に参戦した。

そこで、二人は『大和』の窮地を救うべく、敵モンタナ級戦艦への肉薄雷撃を敢行して、帰らぬ人となったのである。

『大和』と松田らが今こうしてここにいられるのは、二人をはじめ多くの犠牲があってのことと忘れてはならない。

「自分たちの献身が無駄ではなかったと、わかってくれていればいいが」

「わかっていますよ、きっと。いや、必ず！」

「そうだな」

語気を強める松田に、中澤はあらためて一同を見まわした。いずれ劣らぬ勇者どもだが、その陰にはそれに倍する者たちの、汗と涙があったことも忘れてはならない。

「みんな、聞いてくれ」

中澤の声に、一同が振りむいた。

「宴もたけなわのところだが、ここで無念にも散っていった英霊たちに黙とうを捧げたい（と思う）」

あうんの呼吸だった。飲みかけ、食べかけ、だった者も、一人残らず立ちあがって姿勢を正す。

「英霊たちの勇戦敢闘に敬意を表し、一分間の黙とうを捧げる。黙とう！」

場が瞬時に静まりかえった。

各々の胸に一喜一憂した記憶が去来する。ほとんどいつでも余裕もなく、苦しい時間ばかりだった気もするが、自分たちはこうして生きのびた。亡き英霊たちの思いも背負って、国と軍の再建を担っていく。

それが、自分たちの今後の役割である。

そして、一分経ったころに、どこからか遠い汽笛が聞こえたような気がした。

それは、幾千幾万と失われていった将兵に対する、鎮魂の音色だったのかもしれない。

完

VICTORY NOVELS ヴィクトリー ノベルス

大和砲撃決戦
ヤマトに賭けた男たち(3)

2023年7月25日　初版発行

著　者　　遙　士伸
発行人　　杉原葉子
発行所　　株式会社 電波社
〒154-0002　東京都世田谷区下馬6-15-4
TEL. 03-3418-4620
FAX. 03-3421-7170
http://www.rc-tech.co.jp/
振替　　00130-8-76758

印刷・製本　中央精版印刷株式会社

ISBN978-4-86490-235-9 C0293